Bahari-Bora

Pour Lady Nour :
Il est des rencontres qui infléchissent
une existence pour le meilleur,
et la vôtre fut une lumière sur mon chemin.

« À quel talent nourri de larmes devrons-nous un jour la plus émouvante élégie, la peinture des tourments subis en silence par les âmes dont les racines tendres encore ne rencontrent que de durs cailloux dans le sol domestique, dont les premières frondaisons sont déchirées par des mains haineuses, dont les fleurs sont atteintes par la gelée au moment où elles s'ouvrent ? »

Honoré de Balzac, *Le Lys dans la vallée*

Prologue

— Maintenant, tu es une femme, tu peux être fière de toi, m'a dit la louve, plongeant son regard froid dans le mien, avec un sourire cruel. Tu as vu tes premières règles. Notre mouvement va grandir.

À peine avait-elle franchi la porte qu'elle l'a proclamé à tous les vents. J'ai même entendu une balle éclater dans le ciel, tirée par un malade célébrant cette annonce.

— Le Créateur a donné à chaque femme un pouvoir unique. Puisque tu es une femme, tu dois le savoir. Il nous a donné la capacité de bâtir des empires, de construire des nations, et aussi celle de détruire des royaumes, de réduire les hommes en poussière. Ce pouvoir réside dans cette chair cachée entre tes cuisses. À présent, je vais t'apprendre comment l'utiliser. Je vais t'enseigner l'art de la danse au lit. Ça fera mal, car c'est ta première fois. Mais plus tard, tu en seras fière. Tu m'écoutes ?

Je ne l'écoutais pas. J'entendais simplement le bourdonnement de ses mots, perdue dans l'immensité de ce que je venais de vivre.

Je ne disais rien, ne pensais à rien.

La suite s'est déroulée comme elle l'avait prédit. Une vieille peau flétrie, puante et laide, s'est emparée de l'intérieur de ma chair. Cet homme, peut-être un démon, empestait la sueur. Ses dents semblaient couvertes de margarine, et sa langue de chaux. J'ai saigné et mon sang s'est caillé sur le galbe de mes cuisses. Sa jouissance, ma peine.

Sa barbe rêche frottait contre mon cou, me brûlant là où il posait ses lèvres, essoufflé.

J'ai voulu disparaître, m'étouffer sous son emprise, mourir. J'ai essayé, mais ses mouvements m'obligeaient à respirer. Son haleine de tabac m'a laissé un goût amer, m'implorant de revenir le réchauffer dans cette nuit-là.

De retour dans la chambre avec les filles, les yeux rivés au plafond, je n'ai laissé échapper aucune larme. Au lieu de cela, je calculais, réfléchissais. Peut-être aurais-je dû pleurer, pour atténuer la douleur, repousser le chagrin ?

J'ai réveillé mes camarades. Chacune a accepté la grenade que je lui offrais. Je me déplaçais avec une lenteur maîtrisée, effleurant à peine le sol de mes pieds nus. Mes pas dessinaient une chorégraphie dans la chambre, où le moindre bruit aurait pu me trahir. Mon cœur tambourinait, sourd, dans le silence. La peur serrait ma gorge. Je me forçais à avancer, à me glisser dans cette pièce où reposait l'homme que je devais appeler « mon mari ».

Son souffle régulier emplissait l'air, contrepoint à mes propres battements précipités. Je sentais sa sinistre présence. La lueur faible d'une bougie vacillait dans un coin de la pièce. Je m'efforçais de rester invisible, de me fondre dans les ténèbres, alors que chaque fibre de mon être criait de fuir, de me sauver de cette prison dorée devenue mon cauchemar éveillé.

Son sommeil, paisible comme celui d'un chérubin avant le désastre édénique. Allongé sur le ventre, les mains sur les côtés, il émettait des ronflements constants. Ces sons, témoins de sa jouissance passée. C'était un profond sommeil, dénué de tout remords, de toute culpabilité, une évasion dans un monde où seuls ses rêves semblaient avoir droit de cité. Et moi, dans l'obscurité de cette chambre, ivre de haine, j'ai contemplé son repos, spectatrice muette de son innocence injuste, de sa tranquillité tyrannique.

Mes doigts tremblaient à l'idée d'accomplir un acte irréversible, si contraire à ma nature. Une peur indicible étreignait mon cœur. Au fond de moi, je savais que c'était nécessaire, ma seule issue, ma seule chance de survie. J'ai pensé à toi, maman Mathilde. J'ai pensé à ton regard bienveillant. J'ai pensé à tes conseils avisés. Tu m'as toujours appris à être digne, à me défendre. « Orpheline n'est pas une excuse, petite fille », me cajolais-tu. Déterminée, j'ai pris une profonde inspiration, prête à franchir cette limite, prête à devenir celle que je n'aurais jamais cru être : une meurtrière.

Je me suis tendue, mes muscles se sont contractés avec une force insoupçonnée. Suivant les instructions minutieuses de ce qu'ils nous avaient eux-mêmes appris, mes doigts ont agrippé l'anneau de la goupille de sécurité, mon majeur a exercé une pression intense. D'un geste précis, mécanique, j'ai retiré l'anneau, libérant ainsi le levier de son verrou. Puis, d'un mouvement fluide, j'ai lancé l'objet au-dessus de mon épaule, visant le diable endormi.

Un instant de fureur concentrée, mes yeux se sont fixés sur sa tête. L'objet a atterri entre ses jambes dans un assourdissant silence.

Alors que je m'élançais vers la sortie, la déflagration a retenti dans mon dos, m'arrachant à ma course effrénée.

Les filles ont suivi le même plan. Seul le cadavre d'Al Marid, en paranoïaque, détenait la clé de la malle renfermant les armes. Le campement s'est embrasé en un éclat. Les sachant en surnombre, nous nous sommes rapidement échappées dans la jungle.

Nous étions quarante-sept filles au départ, nous ne restions que seize à la fin. J'ai tué un homme, maman. Et égaré l'autre moitié de mon âme. *Mungu anisamehe*. Que Dieu me pardonne.

I

Bel Océan tranquille

1

Le soleil peinait à percer l'épaisse canopée verdoyante, tandis qu'un monde plein de vie s'éveillait lentement. Les arbres, majestueux, se dressaient en sentinelles. Leurs branches entrelacées formaient un dôme naturel qui protégeait le sol humide et fertile en dessous. À chaque bourrasque, les feuilles bruissaient, générant une symphonie naturelle de murmures. Dans cet écosystème en constante évolution, une myriade de créatures ailées et rampantes vaquait à ses occupations quotidiennes. Les oiseaux exotiques colorés piaillaient joyeusement, alors que les bonobos, malicieux, bondissaient d'arbre en arbre, troublant l'équilibre paisible de la faune de leurs cris stridents.

Quelque part, une voix, encore lointaine, s'élevait dans la cour de l'hôpital. Un chant monotone, incantatoire, une berceuse pour une âme perdue. Ce chant, que Bahari-Bora ne reconnaissait pas mais qui lui parlait tout de même, emplissait la pièce d'une présence rassurante.

Wakati jua ya mbali ita poteyaka
Nitasema lililokuwa mahombi yangu : tabasamu yako
Kwenye upeo wa mecho, mawingo ya angani mekundu
Yatakumbusha roho yangu vicheko vyetu vya furaha[1].

Ses paupières papillonnèrent. Le réveil était hésitant, douloureux. Une lourdeur pesait sur son corps, l'immobilisant un instant. Une sensation étrange, diffuse, s'infiltrait en elle depuis des semaines, sous la forme d'une nausée persistante, qui revenait par vagues inattendues. Elle se surprenait à détester les odeurs qui, naguère, édulcoraient sa mauvaise humeur. Elle déglutit, espérant faire passer l'inconfort, mais rien n'y faisait. La voix balsamique du chant semblait, l'espace d'une seconde, atténuer ce malaise.

Puis, sans prévenir, la pluie. Les premières gouttes résonnèrent sur le toit. La mélodie s'éteignit progressivement, noyée par le clapotis régulier de l'averse, jusqu'à disparaître. Bahari-Bora ouvrit les yeux. L'hôpital, jusque-là bercé par ce chant lointain, lui parut soudain froid, austère.

Son ventre était toujours tendu d'un inconfort qu'elle ne parvenait pas à comprendre. Portée par un instinct, elle posa la main sur son abdomen pour chasser cette étrange sensation. Elle se força à respirer lentement, mais une fatigue anormale écrasait ses membres.

Elle prit conscience de l'endroit où elle se trouvait. Les murs blancs, trop blancs, l'enveloppaient. Une odeur âcre

1. *Quand s'allongera ce lointain soleil*
Je dirai ce que fut mon vœu : ton sourire
À l'horizon, les nuages du ciel vermeil
Rappelleront à mon âme nos fous rires.

de désinfectant flottait dans la pièce, agressant ses narines, une envie de vomir. Elle ferma les yeux. L'envie passa.

La veille s'imposa à elle brutalement. La peur. La violence. Elle revoyait tout, avec la force d'une tempête. Puis ce cauchemar, toujours le même. Elle était de retour à Beni. Treize ans. Les rues en ruines. Les cris perçaient l'air. Ses jambes refusaient de bouger. Autour d'elle, ses camarades couraient. Les rebelles arrivaient. Ils envahissaient la ville. Fusils. Machettes. Rires cruels. Les femmes étaient avec eux. Ces femmes qui les suivaient, armées. Complices. Elles ne fuyaient pas, elles. Pas de chaînes. Pas besoin de les enfermer. La forêt était leur cage. Elles n'avaient nulle part où aller. Un coup de feu. Maman Mathilde s'effondra. Son regard la fixait, sans vie. Bahari-Bora voulut appeler au secours. Rien ne sortit. Les rebelles approchaient. Leurs bottes martelaient la terre. Ils l'encerclèrent. L'un d'eux leva la main. Une machette brillait entre ses doigts. Ses yeux vides traversaient Bahari-Bora. Une ombre. Sans pitié. La scène changea. La forêt. Sombre. Elle marchait. Leurs pas lourds. Elles étaient toutes là. Pas de murs. Pas de cellules. Juste les arbres, des murs vivants. Le feu des rebelles crépitait. Les gardiens, hommes et femmes, veillaient. Elles ne pouvaient pas fuir. Où seraient-elles allées ? La peur collait à sa peau. La fatigue l'écrasait. Pas de sommeil. Les femmes captives marchaient en retrait. Elles ne parlaient plus. Une main l'attrapa. La tira en arrière. Bahari-Bora cria. Puis le noir.

Elle se redressa lentement, ses muscles protestant contre le moindre mouvement. Son regard glissa de la fenêtre vers les infirmières. Leurs voix étaient basses, leurs gestes mesurés. Elle savait à présent qu'elle pourrait survivre. Malgré tout.

Le Dr Farid, accompagné de Sophia Vanhaecke, psychologue et représentante des Human Rights Watch en Afrique centrale, guidait la jeune fille à travers les couloirs de l'hôpital. Quelques heures s'étaient écoulées depuis son réveil. Bahari-Bora, à peine une ombre, marchait à leurs côtés, les bras serrés contre son torse. Son regard fuyant s'accrochait aux fissures du sol. L'incertitude accablait chacun de ses pas.

Ils arrivèrent devant une porte de bois verni, sur laquelle des lettres dorées indiquaient « Salle d'échographie ». Le Dr Farid jeta un coup d'œil à Sophia avant de pénétrer dans la pièce. Sophia lui adressa une mine réjouie. Combien de fois avaient-ils vécu cette scène ensemble ?

La jeune fille restait figée à l'entrée. Sophia lui prit la main.

— Ça va aller, Bahari. Tu n'es pas seule.

Sa voix était un murmure, une lueur.

Le technicien les accueillit et s'avança à pas feutrés vers Bahari-Bora. Son corps se tendit tout entier.

— Non, balbutia-t-elle à reculons.

Sophia posa une main apaisante sur son bras.

Bahari-Bora la fixait, et tout ce que Sophia voyait, c'était Océane. Sa fille. Elles avaient le même regard, la même innocence, cette force fragile qui semblait sur le point de se briser à tout moment. Elle se souvenait du soir où elle lui avait interdit de se rendre au festival des Ardentes. Elle s'était montrée ferme, trop peut-être.

— Je reste avec toi, dit-elle.

Bahari-Bora hocha la tête, puis s'assit sur la table d'examen. Ses doigts blanchis s'accrochèrent au métal froid, dernier rempart contre la crainte.

Le Dr Farid se tenait un peu en retrait. Ayant l'attention de Sophia, il la remercia en toute discrétion.

Le technicien ajusta l'appareil avec des gestes rapides, mais maîtrisés. Lorsqu'il posa le capteur sur l'abdomen de Bahari-Bora, elle se contracta de nouveau. Sophia, toujours près d'elle, lui tenait la main, ce geste suffisait à calmer son soupir erratique.

Le capteur glissait sur sa peau, laissant derrière lui une trace humide. Sur l'écran, des images grises et floues apparaissaient peu à peu. Le Dr Farid, concentré, plissa les yeux. Une forme se dessina, nette et indiscutable.

Le nœud dans son estomac se resserra. Sophia, attentive, pressa un peu plus la main de Bahari-Bora. Ses yeux dévièrent vers Farid.

Le docteur déglutit, les mots coincés dans sa gorge. Il tourna la tête vers la jeune fille, cherchant à deviner ses émotions derrière son trouble.

— Je suis désolé, mais vous êtes enceinte.

Sa voix était basse, cassée. Bahari-Bora ne réagit pas.

— Je dois vous parler franchement, Bahari, annonça le Dr Farid d'un ton qui ne laissait place à aucune illusion.

Impuissant face à cette réalité, il se sentait trahi par la médecine qu'il avait toujours servie, par cette injustice qu'il ne pouvait guérir, mais qui impactait systématiquement sa foi, sa vie.

— Cette grossesse, poursuivit-il, comporte des risques importants pour votre santé. Si vous décidez de la mener à son terme, vous mettrez votre vie en danger.

Bahari-Bora cligna des yeux. Ses mains se crispèrent sur le drap qui couvrait la table d'examen. Elle baissa le regard vers son ventre, ce lieu désormais étranger, abritant la trace d'une barbarie ineffable – l'intrusion qui avait détruit tout ce qu'elle était autrefois, une jeune fille pareille aux autres.

Elle leva la tête vers le médecin. Sophia, à ses côtés, expira. Le destin ne lui prendrait pas cette Océane-là.

— Il est important que tu comprennes les implications de cette décision, dit-elle d'un ton calme mais résolu. Nous sommes là pour te soutenir.

Bahari-Bora savait qu'il n'y avait pas de bonne réponse, que chaque choix emporterait une partie d'elle-même. Une petite voix au fond de son esprit chuchotait des mots auxquels elle n'osait encore prêter attention. Elle reposa une main sur son ventre. Une pulsation, un signe de vie. La sienne. Celle d'un autre.

La jeune fille garda le silence, un silence imprégné des effluves de la mort, un silence ayant frôlé les ombres des corps sans vie et partagé la table des maîtres du drame. Cinq années s'étaient écoulées depuis qu'elle avait connu une existence véritable, cinq années passées à exécuter des ordres sans pleurer, sans laisser une seule larme transparaître : elle se l'était interdit. Devant les hommes aux turbans noirs et aux kalachnikovs, elle refusait de faillir.

Elle savait qu'elle devait prendre une décision, qu'elle ne pouvait pas se permettre de rester passive. Quelle que soit la voie qu'elle choisirait, elle sentait qu'elle ne serait plus jamais seule.

Vulnérable, Bahari-Bora trouva une lueur d'espoir dans la promesse d'accompagnement offerte par ses sauveurs. Malgré les défis qui l'attendaient, elle faisait confiance, maintenant plus que jamais, à *Bel Océan tranquille.* Son nom.

Bahari-Bora ne détournait les yeux de l'écran que par crainte. Elle refusait de voir, elle refusait de distinguer ces notes triviales et monotones, émanant de son ventre – un cœur, autre que le sien, battait. Son attention errait partout, sauf sur son propre corps à moitié dénudé, dont les stigmates laissaient subsister une parcelle de beauté, d'harmonie, de perfection. Elle n'en avait plus honte. Sa peur, son appréhension de l'avenir éclipsaient ce qui lui restait de dignité : était-il trop tard à dix-huit ans ?

Entendant les voix venant des autres pièces, elle pouvait faire correspondre chacune à un visage, un nom. Et, tandis que le médecin échangeait des expressions préoccupées avec Sophia en analysant les clichés, elle se prêta à l'exercice.

Non loin d'elle, quelqu'un s'exclama en swahili, exprimant le désir d'une bière : « *Niko na kyu ya pombe, munganga !* » *Eliane Kazindo,* pensa-t-elle, *toujours en quête d'ivresse !* Dans la pièce adjacente, une autre voix tentait de réconforter une femme plus âgée, plus marquée par la vie, plus résignée, plus blessée : « On a déjà échappé au pire. *Tulisha ponyoka.* » Esther Mapendo, une âme altruiste. Elle demeura ainsi, son attention s'étendant au loin après avoir semé cette question : « Qu'es-tu devenue, Kabelya… ? » Un instant, elle s'aperçut que ses lèvres s'entrouvraient, sans qu'elle en ait conscience.

Dehors, les froides larmes du ciel continuaient de se déverser sur la terre, et un roulement sourd de tonnerre fit taire toute agitation, car les jeunes filles, ayant combattu aux côtés des rebelles, étaient désormais sur le qui-vive, confondant le moindre bruit avec une riposte des forces armées congolaises.

Mungu (Dieu) avait rarement été clément envers Bahari-Bora. Le récit de sa propre naissance lui était inconnu. Sans personne pour lui en parler, elle se contentait souvent de l'imaginer. Elle confiait ses pensées à cette mère unique, toujours là pour elle : la pluie. Elle écoutait son martèlement sur le toit, ressentait la fraîcheur de l'air humide.

Elle percevait dans l'ondée la patience maternelle. Les gouttes semblaient lui murmurer des mots d'apaisement et caressaient son visage comme une aile aimante.

Elle quitta la salle d'échographie. Le cœur pesant. Elle se fraya un chemin à travers le couloir piétiné par les jeunes filles en détresse. À l'extérieur, la pluie tombait en torrents, des branches valsaient sous le vent, une partie de la cour était noyée, engloutissant le paysage dans un voile de grisaille.

Ses vêtements, trempés, collaient à sa chair. La sensation de l'eau froide sur sa peau la fit frissonner. Elle s'avança à tâtons à travers la boue épaisse, à la recherche d'un endroit où se réfugier de la tempête qui faisait rage en elle, sur elle, autour d'elle.

Finalement, elle trouva un petit coin de terre, à l'abri des regards indiscrets, secret, où elle s'assit, les genoux repliés contre sa poitrine, le visage enfoui dans ses mains grelottantes. Elle laissa éclater son chagrin, ses sanglots s'entremêlèrent au bruit assourdissant des précipitations. L'odeur de la terre mouillée et des feuilles humides emplissait l'air.

Dans sa solitude, une paume exquise se posa sur son épaule. Elle leva les yeux et vit Sophia. Emplie de compassion, elle lui offrit son indélébile réconfort et prit place à côté de la jeune fille. Elles restèrent là, silencieuses, démunies.

2

Bahari-Bora n'était pas seule dans la chambre qui lui avait été attribuée : une jeune fille, inconnue à ses yeux, partageait son sort, ayant subi les mêmes épreuves. Leur présence donnait un sens à la mission du Dr Farid : réparer ces filles, victimes du désordre du monde.

Dans les chambres voisines, elles ne cessaient de se lamenter, pleurer, hurler leur désespoir. Elles maudissaient Dieu pour son silence face à leur souffrance. Certaines affichaient des signes de démence et répétaient inlassablement le même nom, « Al Marid, Al Marid ». Elles entraînaient les autres dans leur cadence, le condamnant comme le mal absolu. Sophia passait des appels incessants, cherchant à obtenir un peu plus de respect et de considération de la part du gouvernement envers « les filles des Nalu » – un surnom donné par un groupe de journalistes pour vendre leurs articles au sujet de cet ignoble groupe terroriste opérant près de la frontière avec l'Ouganda. La situation dans cette région lui brisait le cœur, mais elle ne fléchissait pas, elle demeurait résolument dévouée à sa cause.

Un bruit sourd créait une fissure en elle : le déshonneur.

> « Il y a plusieurs raisons pour lesquelles il est souvent plus difficile pour les jeunes filles que pour les garçons de quitter des groupes armés. Mais ce qui nous a frappés pendant la recherche, c'est que beaucoup de jeunes filles ne tentent même pas de s'échapper même s'il y a une opportunité car elles savent le rejet qui les attend chez elles. La recherche a montré que, malgré des exceptions encourageantes, les jeunes filles sont souvent victimes de discrimination et stigmatisation à leur retour dans leurs communautés, et que les programmes de DDR [désarmement, démobilisation et réinsertion, Ndlr] ne répondent pas suffisamment à cette problématique fondamentale de l'acceptation familiale et communautaire[1]. »

L'air dans la chambre était électrique. Bahari-Bora attendait l'arrivée du Dr Farid avec les résultats des analyses sanguines. Les secondes s'écoulaient lentement. Le temps avait décidé de ralentir son cours pour prolonger l'insoutenable légèreté de l'attente.

Les visages de la jeune fille et de Sophia étaient crispés. Leurs yeux fixés sur la porte semblaient vouloir conjurer le docteur à travers elle.

Un chant s'éleva.

Kwenye upande wa uso wako wa upendo, nitaweka busu wa shauku[2].

Une voix de garçon, douce et poignante, portée par le vent, s'infiltra par la fenêtre entrouverte. Bahari-Bora leva

1. JusticeInfo.net (RDC), « Le calvaire sans fin des filles enrôlées de force dans les groupes armés », 22 novembre 2017. Entretien avec Sandra Olsson, chargée des programmes au sein de l'ONG britannique Child Soldiers International.

2. *Sur le flanc de ton visage amoureux, je déposerai un baiser langoureux.*

la tête, ses oreilles tendues vers cette mélodie. S'y accrocher pour taire, ne serait-ce qu'un instant, l'angoisse de l'attente. Cette fois, sans l'averse pour brouiller le son, elle distinguait plus nettement les mots, pareils à un murmure qu'on capte sans en comprendre la langue. La voix était jeune, innocente, mais elle portait en elle une tristesse infinie. Une chanson d'amour. D'un amour impossible. Celle qu'un cœur brisé chante sous la lune. La main sur le cœur. Pour en recoller les morceaux. Car un cœur brisé peut encore battre.

Sophia soupira, les yeux tournés vers la fenêtre.

— Ce garçon, dit-elle, c'est sa manière à lui de vaincre le chagrin. Il a posé le pied sur une mine artisanale. Il ne peut plus marcher normalement. Il chante pour oublier, pour se raccrocher à quelque chose d'autre que sa béquille.

Bahari-Bora resta silencieuse, absorbée par cette voix, par les émotions qu'elle transmettait. Elle n'avait pas besoin de comprendre les paroles pour sentir l'écho de cette tristesse. Elle aussi avait connu la perte. Elle aussi portait en elle un cri qu'aucune chanson ne pourrait rendre harmonieux.

— Je ne sais pas ce qu'il chante, reprit Sophia, mais je crois que c'est une chanson d'amour. On le sent, n'est-ce pas ? Dans chaque note.

La jeune fille acquiesça. Cette voix, qui résonnait dans la cour, était à la fois un baume et un rappel de tout ce qu'elle avait perdu. Elle pensa à Mawingo, à maman Mathilde, tandis que le tic-tac de l'horloge continuait de battre dans la pièce. La chanson du garçon se poursuivait, son chagrin mêlé à celui de Bahari-Bora.

Le Dr Farid fit son entrée et, entendant le chant du jeune garçon à l'extérieur, esquissa un sourire et se mit à siffloter pour alléger l'atmosphère qui pesait dans la chambre.

Il ouvrit le dossier contenant les résultats des analyses sanguines, et prit place devant elles.

— Ah, Jah Kasongo[1], murmura-t-il, la mine pensive. Il a quelque chose dans la voix, non ? Une certaine mélancolie… l'amour impossible, j'imagine.

Il leva les yeux vers Bahari-Bora, plus sérieux.

— Bahari, commença-t-il avec tact, les résultats sont tombés. Vous présentez une légère anémie. Votre taux est de 12 grammes par décilitre, ce qui est encore au-dessus du seuil de danger, mais nous devons être vigilants. Cela signifie que vos globules rouges ne sont pas aussi nombreux qu'ils le devraient pour apporter suffisamment d'oxygène à votre corps.

Il fit une pause, sifflotant encore quelques notes de la chanson, pour permettre à Bahari-Bora de digérer l'information. Sophia, silencieuse, posa une main rassurante sur celle de la jeune fille.

— Ce n'est pas alarmant pour le moment, continua le docteur, mais cela peut s'aggraver, surtout si vous choisissez de poursuivre cette grossesse. Vous devez faire très attention à votre alimentation, à votre repos. Mais je ne vais pas vous mentir, les risques pour vous sont bien réels.

Il s'arrêta, plongeant son regard dans celui de Bahari-Bora.

— Nous allons discuter de toutes les options, et quelle que soit votre décision, nous serons là pour vous soutenir.

1. Surnom affectueux donné à Michael Jackson par les Congolais.

Il marqua une nouvelle pause, laissant Jah Kasongo poursuivre sa chanson à l'extérieur, une mélodie qui contrastait avec la lourdeur des mots qui venaient d'être prononcés.

« Nikumbatie nguvu » itachukua nafasi ya
« Tutaonana kesho » zetu zote :
Weye niliyekupenda kabla sijajua jina lako[1].

Si Bahari-Bora décidait de mener la grossesse à son terme, elle risquait de perdre une alarmante quantité de sang lors de l'accouchement, mettant ainsi sa propre vie en danger.

— Votre anémie ferriprive, liée à une carence en fer, semble être causée par des menstruations abondantes. Pour reprendre des forces, vous pouvez inclure dans votre alimentation des mets riches en fer, comme la viande rouge, le poisson, les œufs et les haricots. En plus de cela, je vais vous prescrire 323 milligrammes de fer à prendre deux fois par jour, ainsi que 1 milligramme d'acide folique si vous décidez de poursuivre cette grossesse.

Sophia, fidèle à elle-même, intervint :

— Merci, Farid, dit-elle avant de reporter son attention sur Bahari-Bora. On va prendre le temps d'en discuter tout à l'heure.

Ses mots se mêlaient aux dernières notes de la chanson du garçon infirme.

Bahari-Bora sentait son cœur battre à un rythme irrégulier. Les risques étaient clairs, la décision cruciale.

---

1. *« Serre-moi fort » remplacera tous nos*
« À demain » :
Toi que j'ai aimée avant de connaître ton nom.

Elle aimait lever les yeux vers le ciel, car sur terre, ses repères lui étaient inconnus. La réalité lui avait longtemps laissé l'impression d'être inaccessible. Très tôt, elle avait cherché un sens à son existence. Pendant une séance de chiromancie avec une amie se vantant de posséder des pouvoirs de divination, elle avait entendu dire que son passage sur terre serait bref. Depuis lors, elle avait la sensation qu'un être malveillant la traquait, cherchant à effacer toute trace de sa vie. Les paroles parfois acerbes de maman Mathilde, prononcées dans des accès de colère alors que ses enfants orphelins la chahutaient, renforçaient ce sentiment d'indignité. Rêvant comme elle aimait le faire, elle s'imaginait dans la mémoire du vent, voyageant d'une rive à l'autre, glissant d'une mer à l'autre, effleurant l'immensité du ciel. Elle observait les hommes d'en haut, prête à leur tendre la main, comme le Dr Farid l'avait fait ce jour-là.

Le médecin, jugeant qu'elle pourrait peut-être s'ouvrir en compagnie d'une femme, prit congé. Sa démarche et son dos légèrement voûté témoignaient des marques du temps qui n'attend personne. Quelques secondes après son départ, on l'entendit errer dans l'hôpital tel un fantôme hantant les lieux. L'écho hypnotique de ses pas se tut brusquement lorsqu'une voix s'écria : « Docteur ! » et, aussitôt, il se précipita dans une nouvelle direction, prêt à offrir son aide.

Il n'avait pas tardé à se rendre compte que se présenter comme un membre de Médecins Sans Frontières dans cette région du continent n'était pas une tâche aisée. Il avait quitté femme et enfants, luxueux quotidien en banlieue du Caire, salaire à cinq chiffres, afin de s'engager pour une durée qu'il était seul à pouvoir définir.

Il avait entendu dire que la République démocratique du Congo se targuait d'être le Golgotha des Temps modernes. Faute de trouver là une trace du Messie ou le poteau sur lequel il fut crucifié, le pays se contentait de verser des litres de sang sur son sol.

Dans la pénombre de ce Golgotha, on ne manquait pas de trébucher sur la jambe dénudée d'une mère maudissant les bourreaux de sa fille. Elle déchirait ses pagnes, se frappait les cuisses et les seins, à genoux, la tête tournée vers le ciel, ingurgitant le fluide vital de sa petite dernière comme pour espérer qu'elle se reformât dans son ventre. Après les coups de midi, lorsque le soleil était au zénith et que les nuages tapissaient l'horizon, un jeune homme se recueillait, pleurant l'épouse qu'il n'aurait jamais. « Ô clair de femme, voici ton corps sans vie qui repose à mes pieds », ânonnait-il, les mains tendues à l'horizontale, le buste incliné vers le firmament, face à la dépouille de la jeune fille. Il baignait dans son plasma encore brûlant, espérant que celle qui aurait porté ses enfants tatouât son nom dans l'intérieur de sa chair, à l'encre de ses veines.

Le monde était noir, et par ici, le ciel inlassablement vermeil concordait avec la teneur en sang de ces horizons. Rouge.

Le pays se dressait telle une imposante colline en forme de crâne. Au sommet de celle-ci, sa jeunesse était crucifiée dans son ensemble, sur un poteau orné de diamants, d'argent et de cuivre, trempé dans de l'or, plaqué de cobalt et de tantalite, et alimenté par le pétrole, le méthane et l'azote. Ce poteau était enfoncé dans une terre rouge, enrichie de fer, et saupoudrée d'une poussière jaunâtre d'uranium.

Le Dr Farid et les organisations non gouvernementales qui l'accompagnaient considéraient ce pays comme un chantier. Un chantier où les femmes, miroirs de la société et héritage de la noblesse du monde, avaient besoin d'être réparées, tant sur le plan moral que physique, pour que cette fragile partie de l'Afrique puisse enfin connaître son élévation, son ascension manifeste, son émergence subtile. Ces femmes, ces jeunes filles, ces fillettes qui, sans le savoir, semblaient être des munitions infinies, des projectiles à fragmentation, des mines artisanales, des boucliers humains, des armes diverses, aux yeux de ceux qui, turban noir sur la tête et kalachnikov ou machette à la main, composaient un sombre refrain sur la partition de l'histoire congolaise, impunément, depuis des décennies.

3

Curieuse et en quête d'un autre réconfort, Bahari-Bora laissa son esprit dériver vers l'extérieur. La voix qu'elle avait entendue plus tôt, cette symphonie de Jah Kasongo, continuait de la hanter. Maintenant, elle espérait mettre un visage sur ce chant mystérieux.

Son regard se posa sur une ombre, frêle et vacillante, à la lisière de la lumière des lampadaires. Là, sous le ciel étoilé, un jeune garçon se tenait seul. Il se servait de sa béquille comme d'une guitare, mimant des accords, pour retrouver la chanson qu'il avait perdue. Bahari-Bora plissa les paupières, tentant de distinguer les détails de son visage, mais le garçon leva la tête vers le paradis, puis, tout doucement, ses épaules s'affaissèrent. Le chant s'éteignit avant même de renaître.

Elle le vit essuyer ses joues d'un geste brusque. Il ne chantait plus. Il pleurait.

Sophia, qui observait Bahari-Bora depuis un certain temps, s'approcha.

— Pourquoi il pleure ? murmura Bahari-Bora, à peine audible.

Sophia hocha la tête. Elles ne dirent rien de plus, chacune absorbée dans ses propres pensées, tandis que le garçon dehors continuait de pleurer sous le clair de lune.

Bahari-Bora s'accroupit rapidement lorsque le jeune homme se tourna vers sa chambre.

Sentant une pression croissante dans sa poitrine, elle essaya de maîtriser sa respiration. Bahari-Bora avait l'impression de violer une intimité fragile, un instant de vulnérabilité qu'il ne souhaitait pas exposer. Elle pouvait encore entendre le léger bruit de ses pleurs, et ces sons la touchèrent.

Qui était ce garçon qui lui rappelait Mawingo ? Quelle histoire se cachait derrière ce chant évanoui ? Le temps semblait suspendu, et dans ce cocon, elle se demanda si, malgré la distance, son amour pouvait flairer sa sympathie, son cœur qui battait pour lui, outre ses accords malhabiles.

Sophia, attentive à l'attitude de Bahari-Bora, essaya de lui apporter un peu de réconfort. Ce chant d'amour, désormais remplacé par des larmes, continuait de tisser leurs liens. Elle passa une main distraite dans ses cheveux, repoussant une mèche derrière son oreille. Ce mouvement dévoila un petit tatouage sur son poignet, à peine visible, mais suffisant pour attirer l'attention de Bahari-Bora. C'était une inscription simple : « O16 », suivie d'un petit cœur noir, gravé avec une précision délicate.

Bahari-Bora, troublée, fixait ce marquage mystérieux. Sa curiosité finit par l'emporter.

— Qu'est-ce que ça signifie ? demanda-t-elle.

Sophia baissa les yeux vers son poignet, et un sourire effleura ses lèvres. Elle caressa le tatouage de bout des doigts, comme si elle pouvait encore sentir la présence de celle qu'il représentait.

— C'est pour ma fille, murmura-t-elle. Océane. Elle avait seize ans...

Sa voix se brisa avant qu'elle ne reprenne :

— Elle est partie trop tôt. Bien trop tôt.

Bahari-Bora observa Sophia, hésita avant de parler.

— Comment elle est partie ?

Sophia prit une profonde inspiration, sa main caressant inconsciemment son tatouage.

— Océane... a toujours eu une santé fragile, commença-t-elle d'une voix basse. Elle souffrait d'une forme sévère d'asthme depuis qu'elle était toute petite. Quand elle était enfant, elle était très prudente, elle n'oubliait jamais ses médicaments, elle savait ce qu'elle risquait.

Elle marqua une pause. Son regard s'assombrissait à mesure que les souvenirs remontaient à la surface.

— À l'adolescence, les choses ont changé. Elle voulait être comme les autres filles de son âge, ne pas être différente à cause de sa maladie. Elle s'est mise à négliger ses traitements. Et puis il y avait ses amis... des gens que je n'approuvais pas vraiment. Ils n'étaient pas méchants, mais ils la poussaient à faire des choses mauvaises pour elle.

Elle serra les poings sur ses genoux.

— Un jour, elle a voulu aller à un festival. Je lui ai dit non. Elle était furieuse, elle pensait que je la surprotégeais, que je ne la comprenais pas. Je savais que la chaleur, la foule, tout ça serait trop dangereux pour elle. Alors, pour la dissuader, j'ai confisqué son sac. Je me suis dit que ça l'empêcherait de partir.

Un sourire amer traversa son visage.

— Ce que je ne savais pas, c'est qu'elle avait déjà prévu un plan avec ses amis. Ils l'attendaient en bas de la rue, et quand la nuit est tombée, elle s'est faufilée par la fenêtre de sa chambre. Elle était tellement déterminée à me défier… et à vivre comme une adolescente normale, sans que sa maladie lui dicte sa vie.

Bahari-Bora, écoutant de toute son attention, sentait que le pire de l'histoire n'était pas encore arrivé.

— Le problème, poursuivit Sophia, c'est que dans le sac que j'avais confisqué, il y avait son inhalateur. Elle n'en avait pas d'autre. J'ai réalisé ça trop tard. Elle est allée au festival. Il faisait une chaleur insoutenable cette nuit-là. Une foule immense était venue voir une nouvelle étoile montante de la pop. Elle a eu une crise d'asthme.

Elle ferma les yeux un instant, comme pour chasser les images qui lui venaient en tête.

— Elle s'est effondrée. Ses amis ont essayé de la sortir de là, de l'amener aux urgences du festival. Ils n'ont pas été assez rapides. Elle n'a pas survécu au trajet.

Bahari-Bora ne savait pas quoi dire. Elle considéra Sophia, cette femme qui avait tout perdu et qui maintenant luttait pour épargner les autres, pour réparer ce qu'elle n'avait pas pu protéger autrefois.

Sophia prit une profonde inspiration.

— J'ai toujours cru que je faisais ce qu'il fallait pour sa sécurité. Finalement, c'est ma décision, c'est ce sac… qui lui a coûté la vie. Je ne pourrai jamais me le pardonner.

Elle scruta Bahari-Bora.

— C'est pour ça que je suis ici, Bahari. Je tente aussi de me sauver, d'une certaine manière.

Bahari-Bora, touchée par cette confidence, fut incapable de trouver les mots adéquats. Sophia se redressa, balayant une mèche rebelle de son front avec une mobilité plus assurée.

Alors qu'elles se laissaient emporter par la quiétude du moment, une infirmière fit son entrée dans la chambre.

Elle portait une petite trousse médicale et un chaleureux sourire sur son visage.

— Pardonnez-moi de vous déranger, dit-elle doucement, mais c'est l'heure de la piqûre du soir de Nadia, elle est enfiévrée.

Bel Océan hocha la tête. Nadia, allongée sur le lit d'en face, étira ses bras.

L'infirmière s'approcha de son lit et entama la procédure avec une précision méticuleuse. Ses gestes étaient pareils à ceux d'un artiste maniant son pinceau avec virtuosité. Elle posa un bout de coton sur l'avant-bras de sa patiente. Elle avait fini. Le devoir l'appelait ailleurs.

Nadia sentit une torpeur l'envahir peu après que l'infirmière eut injecté le sédatif. Ses paupières se faisaient de plus en plus lourdes, son esprit plongeait dans les abysses du sommeil. Les sons ambiants s'estompaient progressivement, remplacés par un murmure lointain et indistinct. Elle s'enfonçait dans un état de semi-conscience où les rêves commençaient à s'entrelacer avec la réalité. Les sensations étaient diffuses, les images floues, mais une savoureuse tranquillité recouvrait son être tout entier. Ses respirations devinrent régulières, son corps se détendait. Elle s'abandonna au repos réparateur, son esprit voguant vers des contrées paisibles et insouciantes, loin des clameurs du monde extérieur, là où aucun homme n'avait jamais posé ses mains sur elle[1].

1. « Une fille sur deux a déjà été victime de violences sexuelle ou émotionnelle. 13 % des violences physiques ont lieu pendant la grossesse. Environ une fille de 15 à 19 ans sur cinq a été violée (4 % avant leurs 15 ans). », Les Projets Rosalie, « Situation des jeunes filles en RDC », 22 novembre 2016 (Sophie Mille).

4

Bahari-Bora, soucieuse, avait les yeux fixés sur Nadia dont la respiration irrégulière trahissait son malaise. Elle se sentait partagée entre l'envie de la réconforter et la peur de la déranger, consciente de sa fragilité. Sophia, quant à elle, était une présence rassurante dans la pièce. Son calme et sa sérénité apportaient un sentiment de confiance aux deux jeunes filles. Ensemble, elles formaient un trio improbable mais solidaire, uni par les liens invisibles de l'empathie et de la compassion.

Le regard que lui lança Sophia sembla marquer le début d'une conversation importante. Elle saisit la main de Bahari-Bora dans les siennes.

Les instants qui suivirent, Bahari-Bora ferma les yeux, se laissant emporter par la douceur de Sophia. Mais soudain, quelque chose se brisa.

Elle se redressa brusquement, le visage fermé. Elle repoussa Sophia d'un mouvement sec. Son regard devint dur, distant. Une froideur inattendue.

— Non, souffla-t-elle.

Elle ne criait pas. Sa voix était basse, tranchante. Elle se leva, sans un bruit.

— Tu ne comprends pas, dit-elle enfin, détachée, presque absente. Ce qu'ils m'ont fait, dans cette forêt…

Elle s'arrêta, croisa les bras, comme si elle cherchait à retenir quelque chose à l'intérieur d'elle-même.

— Ils ont pris tout ce que j'avais. Mon corps, ma vie…

Sophia chercha les bons mots.

— Je sais que tu te sens trahie, Bahari. Par ton corps. Par ce qui s'est passé là-bas, mais ce n'était pas ta faute. Ce n'est toujours pas ta faute.

Bahari-Bora détourna le regard, le visage impassible, comme si ces mots ne l'atteignaient pas.

— Ce qu'ils t'ont fait, murmura Sophia, c'était un crime. Un viol. Tu n'as pas à porter la culpabilité de leurs actes.

La jeune fille ne réagit pas. Son visage était de marbre, ses bras toujours croisés, son corps figé. Sophia s'approcha, décidée à ne pas la brusquer, mais elle devait être honnête.

— Ton corps a déjà trop subi, continua-t-elle. L'anémie n'est pas insurmontable. Mais ici, avec ce que nous avons… même de petites complications peuvent devenir très graves.

Toujours aucune réaction. Bahari-Bora fixait un point invisible, son esprit ailleurs, ou peut-être trop près de souvenirs qu'elle préférait enterrer.

— Je te demande de penser à toi. Pas aux autres. À ta santé, à ton avenir. Ce qu'ils t'ont fait n'est pas quelque chose que tu peux ignorer ni effacer.

Silence. Bahari-Bora restait stoïque. Mais Sophia sentait que, derrière ce calme apparent, une guerre faisait rage.

Sophia l'observait. Bahari-Bora ne pleurerait pas. Pas maintenant. Peut-être jamais. Ce n'était pas le plus important.

Ce qui importait, c'était qu'elle avait semé une graine. Il fallait espérer que Bahari-Bora la laisse germer.

— Tu es courageuse, dit-elle. Nous traverserons cela ensemble, je te le promets.

Elle déploya tous ses talents de persuasion pour dépeindre un futur radieux à Bahari-Bora, un tableau enchanté où les possibilités étaient légion. Son objectif était clair : sauver cette jeune fille des griffes de la mort.

— Le bon moment viendra, tu verras. Tu auras des enfants merveilleux, avec ton époux.

Le regard de Bahari-Bora plongea dans celui de son interlocutrice. Ses yeux étaient d'un bleu-gris semblable au ciel de Beni par un jour de pluie menaçante. Elle hocha la tête, comme pour confirmer les paroles réconfortantes de Sophia.

Elle reprit :

— Pour l'instant, avec ton accord, Farid va interrompre cette grossesse, simplement parce que ce n'est pas encore le temps.

Sophia perçut l'approbation de Bahari-Bora, et son cœur se calma. Une sensation de soulagement l'envahit. Elle prit une profonde inspiration, puis expira, chassant ainsi tous les doutes et les interrogations qui avaient tourmenté son sommeil pendant si longtemps.

Bahari-Bora rompit le blanc avec une révélation inattendue.

— *Sofiya*, j'ai de la famille, commença-t-elle. Il y a un garçon, nous avons grandi ensemble, *mina kumbuka*. Il est d'une grande bonté. Il m'aimait. Je l'aime. Il disait que nous fonderions notre propre famille grâce à la puissance de nos rêves. Il avait des yeux marron qui brillaient quand il souriait, et il portait sans cesse une écharpe rouge autour du cou, même quand il faisait chaud. On passait des heures à jouer dans la cour, à imaginer qu'on construirait une maison un jour. Il disait qu'on aurait un grand jardin rempli de fleurs de mille couleurs, et qu'on irait se promener main dans la main tous les soirs au coucher du soleil aux bords du lac Édouard. C'était comme une illusion pour moi, si simple mais tellement beau, qui me donnait l'impression que rien n'était impossible, même si on était dans un orphelinat.

Sophia fut surprise de l'entendre dévoiler ses souvenirs avec tant d'éloquence.

S'installant en tailleur, elle se sentit enfin prête à échanger des confidences.

— Comment est-il ? Comment s'appelle-t-il ? J'espère qu'il a de la conversation.

Bahari-Bora ne se fit pas prier.

— Son nom est Mawingo. Il a toujours été là pour moi. Et pour la conversation, tu ne serais pas déçue. Il est cultivé, drôle et tellement attentionné. Il déteste aller chez le coiffeur et ça lui crée bon nombre de problèmes avec maman Mathilde. Nous avons partagé tellement de moments merveilleux. C'est comme si on se comprenait sans même se parler, *una ona* ?

— Mawingo a l'air d'être un jeune homme exceptionnel. Il semble avoir une place très spéciale dans ton cœur. J'espère que vous pourrez réaliser vos rêves. *Ni nani*, c'est qui maman Mathilde ?

— À l'orphelinat. C'est elle qui garantit notre survie sur terre. Elle nous interdit de tomber amoureux entre nous, *ata kama ana juwa kama tuna pendana tuh*[1].

1. « Sachant pertinemment qu'on s'aime ».

— *Mawingo* signifie « ciel », pas vrai ?

Enjouée, elle secoua la tête.

— Non. Ça signifie « nuage ». Il y a une différence.

La jeune fille se pencha vers Sophia, ses yeux brillants d'espoir. Ses paroles étaient teintées d'une douceur résolue, comme si elle avait enfin trouvé la clé de son avenir.

— Je vais retrouver Mawingo, murmura-t-elle avec détermination. Nous allons nous enfuir, loin de tout ça. Nous créerons notre propre monde, notre propre bonheur.

En se remémorant son adolescence, Sophia savait que Bahari-Bora ne plaisantait guère. *Mina ku ambiya, je t'assure.* Elle ne sous-estimait pas la flamme qu'elle avait vue briller dans les yeux de sa jeune amie en évoquant le nom de son nuage.

Une autre fille entra dans la chambre, frissonnante. Elle balaya la pièce du regard, à la recherche de quelque chose pour se couvrir et se réchauffer. Ses mains tremblaient alors qu'elle fouillait les étagères et les tiroirs.

Elle aperçut un vieux pull en laine abandonné sur une chaise près du lit. Elle se précipita vers lui, le saisit avec soulagement, et l'enfila. Une chaleur bienvenue enveloppa son corps frigorifié.

Elle se tourna vers Sophia et Bahari-Bora avec un sourire timide.

— *Uko umu, madame,* vous êtes ici, madame ? demanda-t-elle en réprimant un rire.

— Je suis ici, Acacia. Je discutais un peu avec votre sœur. *Bitu bina endeka,* est-ce que ça va ?

— D'accord. *Ndio.* Oui. Tout va bien. Je suis venue prendre mon tricot. Voulez-vous venir avec moi dans la salle d'attente ? Nous sommes avec le Dr Farid…

Elle fit une pause, laissa son œil se poser sur Bahari-Bora, puis reprit :

— Les filles sont là-bas, elles disent ne pas dormir sous la pluie. Elles racontent des histoires pour faire passer le temps.

— Je vois. On vous rejoint, lança Sophia à la hâte.

Elle fixa Bahari-Bora.

— Tu veux bien que l'on se joigne aux autres pour raconter des histoires ?

Bahari-Bora acquiesça. Son amie tira sur son bras pour l'aider à se relever.

Elles quittèrent la chambre, laissèrent derrière elles l'air pesant pour rejoindre la légèreté qui les attendait dans la salle d'attente. Dans ce lieu de partage et de consolation, elles trouveraient peut-être un peu de répit, un instant de lumière. Elles traverseraient les épreuves à venir, soutenues par l'amitié et la solidarité qui les unissaient.

Acacia ne se trouvait pas parmi « les filles des Nalu ». Bahari-Bora n'avait pas demandé à savoir son histoire ni son parcours, mais elle avait entendu dire – par des bruits de couloir – qu'on l'avait envoyée vendre des arachides un certain vendredi… Trois hommes étaient tombés sur elle.

Pendant que le Dr Farid consultait des dossiers médicaux, les filles continuaient à plaisanter et à se taquiner, ignorant presque sa présence. Leur énergie contagieuse remplissait la pièce. Malgré le travail qui l'attendait, le docteur se sentait momentanément apaisé.

Tout mot noté sur son carnet était comme une étoile ajoutée à sa carte, dessinant le chemin vers une compréhension plus profonde des défis auxquels étaient confrontées les filles dans ce coin oublié du monde.

Un soir, assises en cercle autour d'un feu follet, les filles commencèrent à discuter de ce qu'elles avaient appris dans leurs différentes communautés.

— Moi, ma mère m'a toujours dit que si une fille suce du miel, elle deviendra une voleuse, lança l'une d'elles, un sourire hésitant sur les lèvres, comme si la remarque allait de soi.

— Chez nous, on dit que si une fille mange des œufs, elle deviendra stérile, ajouta une autre, convaincue.

— Et chez moi, une fille ne doit jamais regarder les gens dans les yeux. Sinon, ça lui porte malheur, renchérit une troisième.

Sophia écoutait, le cœur lourd. Ces croyances, si absurdes et pourtant si puissantes dans l'esprit de ces jeunes femmes, avaient tissé leur existence. Le silence s'installa un instant, jusqu'à ce que Nadia, qui n'avait encore rien dit, prenne la parole.

— Ma grand-mère m'a interdit de parler de ce que ces hommes m'ont fait quand j'allais puiser de l'eau, murmura-t-elle, le regard baissé. Elle dit que c'est pour préserver l'honneur de notre famille, pour que je puisse vite me marier[1].

Les autres filles se turent. Nadia serra les poings, comme si évoquer ces souvenirs la brûlait.

— Et toi, tu penses que c'est la meilleure chose à faire ? demanda doucement Sophia, cherchant son attention.

---

1. « 23 % des filles de 15 à 19 ans sont en union. 55 % de ces jeunes filles subissent une domination de leur mari. Face à cette violence conjugale, 75 % des jeunes filles justifient qu'un mari batte sa femme quand elle brûle la nourriture ou argumente avec lui. » Les Projets Rosalie, « Situation des jeunes filles en RDC », 22 novembre 2016 (Sophie Mille).

Nadia haussa les épaules.

— Il faut protéger l'honneur. Personne ne voudra d'une fille qui parle de ça. Qui a vécu ça.

Elle leva à peine les yeux, mais Sophia remarqua la tension dans son corps.

Les autres filles semblaient tout aussi dubitatives, certaines hochant la tête discrètement, d'autres regardant ailleurs. C'était un combat contre des croyances séculaires, contre des chaînes que personne ne remettait en question.

— Vous savez, poursuivit Sophia, parfois ce qu'on nous apprend n'est pas la vérité. Ce ne sont que des histoires transmises de génération en génération. Mais cela ne veut pas dire que c'est juste ou que vous devez les suivre. Vous avez le droit de poser des questions. Vos corps, vos vies vous appartiennent.

Un blanc encore plus lourd suivit ses paroles. Ces jeunes filles avaient grandi dans un monde où l'omerta était plus puissante que les mots, où la honte des violences subies pesait sur leurs épaules plutôt que sur celles des coupables.

Aucune lampe n'était allumée, la salle baignait dans une faible lumière naturelle filtrée par les claustras. Une grande fenêtre laissait s'échapper une ombre mouvante qui se projetait sur le mur. Bahari-Bora crut distinguer un monstre géant dans l'ombre : des bras longs, des jambes difformes, et surtout, des poils. Partout des poils. Beaucoup de poils. Puis elle réalisa que c'étaient les branches du grand manguier qui dansaient au gré des vents humides. Pourtant, une sensation d'angoisse persistait, alimentée par les légendes d'une infirmière qui affirmait que l'arbre était hanté par une vieille femme.

Quand un épais linceul noir recouvrait le firmament, racontait-on, la vieille femme, la main sur le cœur, contemplait les rayons céruléens qui perçaient timidement les nuages. À chaque passage d'une étoile filante, elle fredonnait un vœu, simple et vibrant de sincérité. Alors, elle souriait, et cette expression, aussi légère qu'une brise d'été, diffusait une lueur qui éclairait son âme errante. Au plus profond d'elle-même, elle savait que son fils reviendrait de cette guerre, les pieds devant ou une esquisse aux lèvres. Et elle se jurait, quoi qu'il en soit, de poser une dernière fois sa bouche, desséchée par tant de supplications, sur son front. Elle avait succombé à une crise cardiaque en apprenant que son fils avait été victime d'un tir ami sur le champ de bataille, ajoutait-on. Ainsi, elle l'attendait là.

5

Dans un rêve brumeux, Bahari-Bora se retrouve de nouveau à Beni, l'air poussiéreux, les rues muettes et les ombres immenses, tels de mauvais présages. Pas une goutte de pluie, les toits et les feuilles recouverts d'une fine couche grisâtre, comme si la ville tout entière était ensevelie sous la cendre d'un feu dévorant. Un silence est perturbé par des pas solitaires – les siens – qui résonnent, lents et lourds, dans ce désert. Les oiseaux ? Disparus.

Elle passe le portail de l'école. Les regards, des centaines de regards, la suivent. Accusateurs, transpirant la mesquinerie. Une silhouette approche : Kabelya, bouche pincée, sourire faux et paroles aigres-douces, des traits effilés telles des aiguilles, des mots acides qui la griffent, l'entourent, l'enferment. Le temps s'étire. Les premières questions défilent. Et, toujours, cette ombre qui la suit de près, s'acharne, souffle derrière elle.

Un coup de feu brise la torpeur de la cité. Habituel. Familier. À travers la fenêtre, elle les aperçoit : silhouettes armées, visages dissimulés sous des turbans noirs, leurs armes miroitant au soleil, porteurs de ruine. Leurs vêtements blancs tranchent contre la saleté du monde, contraste grotesque d'innocence souillée. Le directeur émerge de la salle, désigne le local numéro 1. Les garçons du quartier arrivent, promettent protection. La peur colle, s'installe, engluée dans tous les regards[1].

Les souvenirs glissent. Elle se revoit dans le bus. Inerte. Gelée. Autour d'elle, des filles d'autres classes, plus jeunes, plus âgées. L'une d'elles, à sa gauche, s'agite, chuchote des questions dans le vide. Ses mots se perdent. Elle parle d'un téléphone, offre une lueur d'espoir. Bahari-Bora est paralysée, les sens envahis par l'odeur de la peur. Lentement, la fille tire le téléphone de sa poche, entame une discrète prière.

Les mots s'effondrent. Le coup de feu retentit. Une balle traverse l'air, frappe la fille en plein cou. Le sang éclate en une gerbe rouge, éclabousse le visage de Bahari-Bora, s'infiltre entre ses lèvres, s'insinue jusque dans sa gorge. Le goût métallique, cuisant, persiste. Elle ne bouge pas, sentant le liquide poisseux couler sur son menton, souillant son uniforme. Elle reste figée, minuscule, écrasée sous l'horreur.

Elle sent l'humidité se propager. Les corps tremblent de peur. Le bus entier retient son haleine alors que l'ombre de la mort s'installe autour d'elles. Elle est une fille

1. « Les ravisseurs prétendaient souvent au départ être inoffensifs, se présentant comme des militaires ou approchant leurs victimes pour leur demander de l'eau. Puis les ravisseurs relâchaient certaines personnes, comme des jeunes enfants et des personnes âgées, à qui ils donnaient leurs numéros de téléphone pour que les familles puissent les contacter et négocier les rançons des détenus. », « Hausse alarmante du nombre d'enlèvements dans l'est du pays », 16 décembre 2015, Human Rights Watch.

comme les autres, piégée par la frayeur, incapable de bouger. La dernière expiration de sa voisine – brûlante – caresse son cou, glisse comme un adieu. Ses yeux se figent, écarquillés, morts.

Et puis… tout s'efface. La jungle l'entoure. Al Marid apparaît. Immense, implacable, son visage marqué par des cicatrices, ses yeux, faisceaux de braises perçants dans le noir. Son corps, un monument de violence, prêt à fondre sur elle. Bahari-Bora le contemple, impuissante, le cœur au bord de l'explosion. La jungle les enveloppe, emporte leurs derniers restes d'espoir. Elle sait alors, dans le gouffre de son cauchemar, qu'elle ne reverra peut-être jamais la lumière.

Le monstre sourit. Les ténèbres s'épaississent. Bahari-Bora s'éveille, glacée, le goût du sang encore sur la langue, une ombre suspendue entre ses songes et la réalité, à jamais marquée.

6

À peine Farid et Sophia pénétrèrent-ils dans la chambre qu'une odeur aigre les accueillit. Ce fut un choc. Le corps, inanimé, était affalé sur le lit, un tragique contraste avec l'éclat de la voix qui résonnait encore dans leurs cœurs. La lumière blafarde révélait son visage – des traits juvéniles paralysés dans une expression de paix trompeuse. La voix du garçon tournait dans l'esprit de Sophia, un chant délicat comme des oiseaux migrateurs s'élevant vers des cieux incertains. Elle se remémorait ses notes hautes, pleines de promesses, des histoires d'une enfance perdue au milieu des décombres de la deuxième guerre du Congo[1]. Chaque soir, il se tenait là, dans l'ombre d'un arbre, et, faute de transformer sa béquille en mitrailleuse Maxim pour ouvrir un feu imaginaire sur ceux qui avaient

1. La deuxième guerre du Congo est un conflit armé qui s'est déroulé sur le territoire de la République démocratique du Congo de 1998 à 2002, avec une fin officielle le 30 juin 2003. Cette guerre impliquait neuf pays africains, et une trentaine de groupes armés, ce qui en fait la plus grande guerre entre États dans l'histoire de l'Afrique contemporaine. Elle est aussi surnommée la « grande guerre africaine » ou encore la « première guerre mondiale africaine ».

volé sa joie de vivre, il la transformait en guitare pour fredonner des ballades que seuls les cœurs brisés pouvaient comprendre.

Aujourd'hui, tout cela n'était plus qu'un souvenir : le jeune garçon avait ingurgité de l'eau de Javel, croyant trouver là la seule solution à sa souffrance.

— Non... grogna-t-elle. Pourquoi ?

Le Dr Farid, partagé entre son propre chagrin et la nécessité de soutenir son amie, s'accroupit à ses côtés.

— Comment avons-nous pu laisser cela arriver ? souffla-t-elle.

Le Dr Farid, attentif à l'angoisse de Sophia, dit :

— Nous ne savons jamais ce que les gens traversent. Mais nous devons garder espoir.

Les veines du cou de son amie gonflèrent, menaçant de faire exploser son cœur. Il se pencha vers elle.

— Regarde-moi, dit-il calmement, respire, s'il te plaît. Je suis là.

Elle releva le front, mais aucun son ne sortit de sa bouche. Tout ce qu'elle pouvait faire, c'était hocher la tête.

Il l'emmena dans son bureau, loin des regards inquiets et des chuchotements des infirmières. Une fois à l'intérieur, il la guida vers un fauteuil. Elle ferma les yeux, essayant de retrouver son calme.

— Je pleure quand je me retrouve seule, Farid, avoua-t-elle. Je suis submergée par tout ça... cette situation en Afrique, tout ce que nous voyons, ma propre vie.

Son ami acquiesça, conscient de la charge émotionnelle qu'ils portaient tous deux.

— Je sais, c'est difficile. Nous faisons tout ce que nous pouvons, et c'est déjà énorme.

Elle secoua la tête. Leurs yeux se croisèrent. Farid savait que Sophia avait besoin de plus qu'un simple soutien. Il fallait lui rappeler sa force.

— Tu fais la différence dans l'existence de ces jeunes filles, même quand tu ne le vois pas. Elles t'aiment, et Dieu sait que seule l'empathie sauvera ce monde.

Elle soupira.

— Bahari-Bora… elle me rappelle tellement Océane. Je ne peux m'empêcher de la protéger. Quand j'ai reçu cet appel d'urgence, je me suis dit… J'ai cru un instant que c'était elle. On aurait dit que l'histoire se répétait, et que j'étais encore en train de perdre mon trésor.

Farid laissa un silence s'installer.

— Tu dois faire attention. Tu n'as eu qu'une seule fille. Bahari-Bora n'est pas Océane.

Elle baissa les paupières, les mâchoires serrées, le cœur tiraillé entre deux réalités.

— Mais ça n'empêche pas cette peur, ce besoin de veiller sur elle.

Farid se fit plus sérieux et demanda :

— Tu penses qu'elle va garder l'enfant ?

Sophia parut incertaine.

— Aucune idée. Elle est mystérieuse. Malgré tout, elle traverse quelque chose de fort. Je m'inquiète pour elle, et pour tout ce qui l'attend. Elle est si douce.

— À ce stade de sa grossesse, deux mois révolus, répondit Farid d'une voix plus posée, nous ne pouvons plus envisager une interruption médicamenteuse. C'est trop tard.

Elle releva un œil vers lui.

— Tu lui aurais prescrit un abortif sans son consentement ? demanda-t-elle, comme si elle espérait, au fond d'elle, une réponse affirmative.

Farid serra les mains, marquant une pause avant de répondre.

— Et elle… est-ce qu'elle avait donné son accord pour tomber enceinte ? rétorqua-t-il, fixant Sophia. Tu le sais aussi bien que moi, je suis là pour sauver des vies, pas pour assister, impuissant, à leur destruction.

Elle acquiesça, sentant une étincelle de force renaître en elle. Ils se relevèrent, prêts à affronter de nouveau la réalité.

7

Ainsi parlait maman Mathilde

Mes fils, mes filles : je vous aime plus que vous ne pouvez l'imaginer ! Vous êtes mes enfants, oui, vous êtes mes témoins. Vous savez que mon cœur ne connaît que l'impartialité. Je vous aime tous autant que vous êtes et sans aucune distinction. Vous êtes ma fierté, vous êtes ce que j'ai de plus cher. Je n'ai jamais eu grand-chose à vous offrir, mes enfants, mes pupilles. N'êtes-vous pas témoins de la vie que nous menons ? N'avez-vous jamais dormi le ventre vide ? N'avez-vous jamais été qualifiés d'insolvables à l'école ? Nos marmites jurent au nom de l'indifférence. Le gouvernement jure au nom de l'inconscience. Le voisinage vous diagnostique une peste sur tapis vert, par défaut. Nous sommes des petites gens : il se clame que nous sommes indigents. Suis-je une mère indigne ? À vos femmes, vous en parlerez. Chez vos hommes, vous m'accuserez. Ce que j'ai le mieux à vous offrir, ce ne sont que mes vieilles phrases et mon haleine fétide – faute au temps qui ne vous attend pas : soyez impassibles, mes filles, mes fils, sachez souffrir en silence, dans la dignité, sachez purger votre servitude, votre peine, dans l'anonymat le plus total.

Vous me suivez ? Si votre malheur vous insupporte, confiez-vous au ciel, seulement. Si vous êtes en quête de pitié, il vous arrosera de ses larmes de crocodile et après, comme mon père le disait si bien, viendra la bonne saison. Ce monde, lui, si jamais il daigne compatir à votre malheur, sachez que c'est uniquement pour s'en moquer et pour mieux critiquer les lignes difformes qui se creusent sur votre visage quand vous pleurez. Et finalement, quand son inconscience louera une once de conscience, s'imposeront alors sa méchanceté, son hypocrisie : ce monde vous haïra puisque vous aurez donné une mauvaise perception de sa conscience.

Avant que j'aille me coucher, dites-moi : aviez-vous demandé de venir dans ce monde d'en bas ? En plus de tous les défis qui vous guettent dans cette vie, je vous en supplie, mes fils, mes filles : attrapez cette graine de naïveté qui germe dans vos petits cœurs, écrasez-la et jetez-la au loin. Vous ne m'en remercierez que plus tard, cela me rendra fière. Celui qui m'a entendue est maintenant affranchi de vaines mésaventures. Mes enfants, je vous tire les oreilles, car vous semblez ignorer combien, là-dehors, les quatre cavaliers confondus de Golgotha s'impatientent de vous détruire, de vous écraser comme des moins-que-rien, comme des vermines. À toi, Bahari : je ne veux plus jamais entendre parler de cette histoire avec la sotte de ta classe, c'est compris ? Tant mieux pour toi. Maintenant que vous savez tout ce que ce monde insensé vous réserve : survivez !

8

Trois nuits s'écoulèrent sans qu'une seule goutte de pluie ne vienne arroser la terre, la laissant assoiffée et desséchée sous l'impassible regard du ciel. Bahari-Bora sentait le poids de cette passagère sécheresse peser sur ses épaules, comme si le ciel lui-même lui en voulait de s'être confiée au monde plutôt qu'à lui. Elle passa toute la matinée à se remémorer les jours partagés avec maman Mathilde à l'orphelinat, lorsqu'ils étaient encore jeunes et insouciants. Elle leur racontait des histoires, leur prodiguait des conseils et leur transmettait des leçons de vie essentielles. Certains de ses enfants ne pouvant suivre régulièrement les cours à cause du manque de moyens, elle s'efforçait de combler les lacunes de leur apprentissage comme elle le pouvait, craignant que ces vides ne soient remplis par les influences néfastes des rues de Beni : les factions rebelles, l'illusion de l'argent facile.

Après avoir partagé leurs secrets dans l'obscurité de la nuit, les filles se retrouvaient liées par une intimité nouvelle, tissée à partir des fils fragiles de leurs confidences les plus profondes.

Chacune voyait désormais dans le regard de l'autre la sœur qu'elle aurait toujours souhaité avoir. Une infrangible sororité s'était installée dans les couloirs de l'hôpital, pour le plus grand bonheur de Sophia, qui observait discrètement leur évolution.

Pour le Dr Farid, la grossesse avancée de Bahari-Bora rendait risquée toute tentative d'interruption médicamenteuse. Il avait donc programmé une intervention chirurgicale, qui aurait lieu dans la clinique même. Une infirmière se tenait à ses côtés, prête à l'assister. Le visage du médecin, autrefois baigné d'empathie, semblait dissimulé derrière un masque d'indifférence. Les rires avaient cédé la place à une expression impassible, difficile à interpréter. À chaque nouvelle vie qui lui échappait, une part de lui se perdait dans les méandres du bassin du Congo. Jah Kasongo avait été la goutte de trop.

Farid pensait souvent à Sanaa, sa femme. Philosophe dans l'âme, elle cherchait toujours à comprendre la société grâce à la pensée logique. Pour elle, les efforts de Farid étaient vains, une bataille perdue d'avance. Pourtant, par amour, elle avait accepté son choix, même si elle n'en comprenait pas le sens.

Sanaa ne cessait de lui dire qu'il ne pouvait sauver le monde entier, qu'il devrait se concentrer sur sa famille, sur ceux qu'il aimait. « Pourquoi, Farid ? lui demandait-elle souvent, inquiète. Pourquoi poursuivre une cause sans fin ? N'as-tu pas déjà donné assez ? N'est-il pas temps de revenir à nous ? » Elle le disait sans jugement, seulement avec la patience d'une femme qui voyait son mari s'enfoncer dans un gouffre sans issue.

Il se demandait de plus en plus souvent s'il ne devait pas rentrer. Revenir chez lui, en Égypte, auprès de Sanaa et de leurs enfants. Rejoindre ces terres ancestrales où il pourrait peut-être, comme Toutânkhamon avant lui, trouver une sorte de paix dans l'éternité du Sahara. Revoir le Nil, sentir la chaleur de sa femme contre lui, entendre ses enfants rire. Était-ce là que son véritable combat devait prendre fin ?

Quand cette idée lui traversait l'esprit, il voyait encore le visage de Jah Kasongo. Il voyait aussi tous les autres, les anonymes qu'il avait perdus.

Une atmosphère lourde planait dans les couloirs, et bien que le ciel menaçât de pleuvoir, aucune goutte n'était encore tombée.

L'infirmière, remarquant que le docteur semblait distrait, prit les devants et expliqua à Bahari-Bora comment se déroulerait l'intervention.

— Ne t'inquiète pas, *bita endeka*, commença-t-elle d'une voix rassurante. Tout va bien se passer.

La jeune fille prêta attention à ses paroles.

— D'abord, on va te mettre sous anesthésie locale pour que tu ne ressentes aucune douleur. *Kisha*, le docteur va insérer un tout petit tube dans ton ventre, juste là, dit-elle en désignant l'endroit du doigt, évitant délibérément les termes techniques.

Ses mains bougeaient avec assurance, ses actions étaient à la fois précises et évocatrices. Puis elle posa sa main sur le bras de la jeune fille.

— Ce tube va aspirer le contenu… l'embryon, murmura-t-elle. Et ensuite, le docteur s'assurera que tout le placenta et les tissus soient complètement retirés. L'opération ne durera que vingt minutes, tu verras, ça passera vite. Après ça, tu auras besoin de te reposer. Je serai là pour vérifier tes saignements après l'intervention. Ne t'en fais pas, *niko hapa kwa ajili yako*, je suis là pour toi, ajouta-t-elle avec un sourire encourageant.

Bahari-Bora, après avoir vécu l'horreur avec les rebelles, était maintenant pétrifiée à l'idée du sang. Y compris le sien. La première fois, elle s'était figée en découvrant la tache rouge sur sa culotte. Le sang, son sang, la clouait sur place. La couleur vive lui rappelait les cris, les coups, les visages tordus de haine. Elle voyait le rouge, elle voyait la douleur, elle voyait la honte. Elle se sentait salie, piégée dans un corps qui ne lui appartenait plus.

Elle se souvenait de la scène dans le bus, lorsque le sang de l'autre fille avait jailli sous l'impact de la balle qui l'avait atteinte. La vue de ce liquide écarlate, éclaboussant les parois du véhicule. À la seconde où elle fermait les yeux, Bahari-Bora revoyait cette image effroyable, le sang se mêlant aux cris de ses camarades, tableau de terreur qui la hantait jour et nuit.

Ainsi, en écoutant l'infirmière lui expliquer l'intervention, elle sentait une angoisse sourde monter en elle, son esprit était envahi par les images macabres.

Elle était terrorisée, tétanisée, mais elle garda le silence.

Était-il plus cruel destin pour une jeune fille que de craindre le sang ? Lorsque l'infirmière mentionna la durée des saignements, jusqu'à trois semaines pour certaines femmes, une lueur d'angoisse supplémentaire s'alluma dans les yeux de Bahari-Bora.

Après s'être assurée que la jeune fille avait bien compris, elle s'éloigna en quête d'autres tâches à accomplir.

Dans les environs de l'hôpital s'étendait un vaste champ de cacaoyers. Leurs branches chargées de fruits formaient un spectacle enchanteur : les cabosses de cacao se balançaient au gré du vent, telles des lanternes dansantes dans un jardin furtif. L'odeur sucrée et terreuse du cacao flottait dans l'air, s'infiltrait par moments à travers les fenêtres ouvertes de l'hôpital, embaumait les couloirs de son parfum enivrant. Par-delà la beauté du paysage, les nuages sombres s'amoncelaient lentement, obscurcissaient le ciel autrefois azuré et projetaient une ombre pesante sur la terre.

Les bruits de la nature, en s'associant aux rumeurs de l'hôpital, engendraient un air envoûtant qui fredonnait dans l'âme de ceux qui s'y aventuraient. Les oiseaux, maintenant que Jah Kasongo ne leur faisait plus de l'ombre, chantaient leurs mélodies anciennes.

Les infirmières vaquaient à leurs occupations avec diligence, préparaient les interventions qui allaient bientôt avoir lieu. Leurs pas résonnaient sur le carrelage froid. Les cliquetis des instruments médicaux s'unissaient à leur discrétion, une ambiance fébrile, empreinte de tension, de pression.

Dans les salles d'attente, les jeunes filles patientaient. Certaines se serraient les mains nerveusement, d'autres fixaient le sol avec distance, chacune plongée dans ses propres réminiscences et ses propres craintes.

Pendant ce temps, loin des regards, un cercueil transportait le jeune garçon dont la voix avait naguère vibré avec innocence et joie. Monseigneur Jean-Claude Moboti, l'archevêque au visage marqué par le chagrin, avait supplié le bon Dieu d'avoir pitié de son âme, sans doute ne savait-il pas ce qu'il faisait. Ainsi, on mit un point final à sa vie. Il reposait non loin d'une plantation d'amarantes et, maintenant qu'il ne pouvait plus chanter, ce fut le vent qui lui soufflait ses plus beaux airs.

9

12 avril 2013

La forêt se referme autour d'elles. D'un geste de la main, les rebelles désignent un groupe de femmes voilées, se tenant un peu plus loin. Leurs enveloppes floues se confondent avec l'environnement sylvestre, donnant l'impression qu'elles font partie intégrante de la nature vierge. Bahari-Bora les observe avec crainte, se demandant quel rôle elles jouent dans ce sinistre tableau.

Elles sont étrangement immobiles, comme si elles gardaient l'entrée du royaume de la mort. Leurs yeux derrière les tissus sombres brillent d'une lueur indéfinissable.

Parmi les femmes voilées, une silhouette se distingue par sa dureté, surpassant même celle du chef des rebelles, Al Marid. Son visage est dissimulé derrière le tissu, mais Bahari-Bora sent son regard peser sur elle.

Alors que Bahari-Bora la fixe, elle perçoit un léger mouvement de sa main, comme un signe ordonnant aux autres femmes de se tenir prêtes. Son silence imposant en dit long sur sa puissance et sur son influence au sein de ce groupe.

Ses amies, perdues et terrifiées, scrutent les têtes voilées dans leurs sillages.

Elles sont conduites dans une pièce suffocante. L'image de leur camarade dans le bus imprègne l'air, cristallisant la moindre volonté, le moindre instinct de survie.

Elle se dresse, figure dominante parmi les femmes, loin d'incarner la douceur maternelle. Elle est revêtue d'une robe d'ébène qui semble absorber toute la lumière autour d'elle. Ses traits sont figés dans une expression secrète. Ses sourcils, taillés avec précision, accentuent son regard perçant, lui conférant une allure aussi redoutable qu'une reine des Enfers.

Des larmes perlent dans les yeux des jeunes filles. Elles ne pleurent pas consciemment, mais leurs corps réagissent, libèrent cette émotion retenue. Peu à peu, elles reprennent haleine, leurs mains et leurs genoux trouvent un appui sur le sol froid. Elles cherchent de l'air, par la bouche et par les narines.

— Hé ! Épargnez-nous vos enfantillages ! s'exclame la louve. Vous avez de la chance que le tout sanctificateur ne se promène jamais par ici.

Elles luttent pour respirer. Elles tremblent, mais s'exécutent.

— Déjà, si vous pensez être des enfants, je préfère vous le dire tout de suite : la fille de Bi Achina (elle pointe une louve du doigt) a été mariée à l'âge de sept ans. Elle est heureuse et impatiente de saigner pour pouvoir consommer son mariage. Votre devoir, dès maintenant, est de pousser des enfants. Mon nom est Bi Aziza et, à compter de cet instant, je suis votre mère. Mais ne vous faites pas d'illusions : vous n'êtes pas mes filles. Déshabillez-vous !

Silencieuses, les filles refusent de se déshabiller. Elles demeurent immobiles.

— Apportez-moi mon *kiboko*, ordonne-t-elle.

Les uniformes se retirent sans qu'elle ait besoin de le demander. Et on lui tend ce fouet en caoutchouc qui corrige même le plus têtu des enfants. Elle avait là son rituel : mouiller l'enfant avant de le fouetter.

Comme une colonie de bovins dans la prairie, la louve dirige les filles vers l'extérieur. Kabelya hésite entre cacher son entrejambe ou sa poitrine à l'aide de sa main.

— Al Saïd, venez, qu'on commence la vérification, lance-t-elle.

L'homme apparaît alors, une kalachnikov à la main. Les bruits métalliques de son arme se mêlent au souffle du vent.

— Voilà comment nous allons procéder, déclare la louve, pointant les filles avec autorité. Une, deux, trois, quatre... Vous allez vous présenter à moi par groupes de deux, dans l'ordre où vous êtes assises.

Les deux premières filles s'exécutent immédiatement.

— Toi, mets-toi à quatre pattes, écarte bien tes jambes et cambre ton dos autant que je te le demande.

La jeune fille, à peine plus âgée que Bahari-Bora, acquiesce, ses coups d'œil trahissant une terreur tangible. Elle obéit à l'ordre donné, et la louve s'accroupit près d'elle. Sa main gauche se pose sur le bas de son dos tandis que la droite, dissimulée dans l'ombre, semble s'immerger dans la chair de la jeune fille. Après deux tapotements sur sa fesse droite, ses doigts se referment en un poing, le pouce s'échappant.

Les louves, prenant un plaisir sadique à la scène qui se déroule sous leurs yeux, déclenchent un tonnerre d'applaudissements. Les jeunes filles sont toutes prises au dépourvu. Seule Kabelya semble impassible, comme si elle s'attendait déjà à cette épreuve cruelle.

La jeune fille est dirigée vers Al Saïd. Celui-ci montre de l'index une pièce éloignée. Elle s'en va, la démarche mal assurée, sous le regard fixe de cet homme. Pendant cette minute, la louve essuie ses doigts sur une serviette rose ornée de petites fleurs blanches, laissant une trace de liquide visqueux sur le tissu délicat.

L'opération se poursuit ainsi, un cycle répétitif, sans fin. Les filles se succèdent, soumises à la volonté de la louve suprême, leurs corps offerts à la vue de tous. Si le pouce de la louve s'évade du poing fermé, un applaudissement retentit, ovation macabre pour une nouvelle victime. Mais si le pouce pointe vers le bas, la fille concernée est mise à l'écart, reléguée du côté d'Al Saïd. Six ont subi ce rituel jusqu'à présent, le compte est loin d'être terminé.

Kabelya et Bahari-Bora s'approchent, destinées à subir le même sort. L'angoisse envahit Bahari-Bora, incapable de comprendre pourquoi la louve suprême agite son pouce, pourquoi les louves applaudissent avec ferveur. Les yeux de la louve se plantent sur elle. La louve pointe son index vers le banc.

— Tu n'as pas entendu ? À quatre pattes, maintenant !

Elle se recroqueville, tente de protéger sa poitrine. Ses yeux, désespérés, cherchent une présence familière. Kabelya la toise, un rictus au coin des lèvres. La meute, complice, éclate de rire à ses dépens.

Al Saïd la fixe. Leurs pupilles se croisent. Elle n'y trouve pas cette lueur ardente qu'il a lorsque son regard rencontre celui de Kabelya, qui fait mine de grelotter. Pour elle, il n'y a que pitié, tristesse. Est-elle si pathétique ?

La louve la gifle sur l'épaule, l'informant qu'elle n'a pas toute la journée. Kabelya se met à glousser, alors Bahari-Bora lui offre cette vue. Elle écarte ses jambes, ses coudes soutiennent le haut de son corps.

« Cambrer » : elle connaît le verbe, mais l'acte lui est insurmontable.

La louve place sa main sur le bas de son dos et appuie avec force, l'enfonçant dans la douleur. Elle contracte les muscles de ses fesses alors que la louve s'apprête à fouiller dans sa chair. Une autre gifle s'abat sur elle.

Restant dans la même position, elle relève sa tête et la tourne vers Kabelya. Celle-ci refuse de croiser son visage, déterminée à ignorer ce qui lui arrive. Bahari-Bora perçoit son indifférence, comme si elle voulait lui dire : « Tu n'es pas au-dessus des autres, rappelle-toi. »

Elle relâche la tension dans ses muscles, se résigne à ce qui vient. La louve poursuit sa fouille. Pendant ce temps, Kabelya respire entre ses lèvres, les écrase avec ses dents. Bahari-Bora subit le même geste : deux tapotements sur sa fesse droite, ce qui la fait sursauter. C'est la première fois que des applaudissements ne lui procurent aucune fierté.

Elle se sent humiliée, meurtrie jusque dans son âme. Tremblante, elle refuse de suivre la direction indiquée par Al Saïd, différente de celle qu'il donne aux autres. Lorsque la louve lui a demandé si elle avait déjà saigné et qu'elle a répondu que non, elle a semblé transmettre un message à cet homme. Elle ignore ce qui l'attend derrière l'autre porte, mais avant d'être peut-être abattue, traitée comme un déchet dont la chair avariée ne vaut rien, elle meurt d'envie de rendre la pareille à celle qui l'a toujours méprisée.

Kabelya ne considère pas la louve, absorbée par Al Saïd. Elle glisse son index dans sa bouche, le retire, puis le remet dans sa bouche. Tout en cambrant sa colonne vertébrale dans l'angle le plus prononcé possible, elle mordille son doigt et hésite à cligner de l'œil, mais elle renonce. L'homme est armé, mieux vaut ne pas provoquer sa colère.

La louve appréhende la chair de l'autre avec un air écœurant, presque nauséeux. Bahari-Bora ne peut s'empêcher de ressentir de la compassion pour elle. En Kabelya, elle trouve une sorte de sœur. Les autres louves sont tout aussi dépitées.

Comme par simple formalité, la louve entreprend de chercher Dieu sait quoi. La chair de Kabelya paraît percée. On lui ordonne de se joindre à celles qui n'ont pas eu droit aux applaudissements. L'homme la dévore des yeux. Ses dents grincent avec plus de force. Une veine imposante se dessine soudain sur sa tempe.

Deux groupes se forment alors : celles qui n'ont pas encore saigné et celles aux chairs percées. Bahari-Bora observe Kabelya partir avec les six filles, accompagnées d'Al Saïd et de deux rebelles. Leurs mains sont attachées dans le dos avec un morceau de tissu.

Ils sont au nombre de dix, au total.

Kabelya tourne la tête vers Bahari-Bora qui tente de lui transmettre sa compassion, sachant quelle est sa destination finale. Kabelya crache dans la poussière.

Ils s'enfoncent dans la forêt, tandis que Bahari-Bora pénètre dans un autre local, là où Bi Achina tient une paire de ciseaux dans la main.

Les minutes s'étirent, l'une après l'autre, jusqu'à ce que, à la fin, l'appel de la forêt se fasse entendre. Deux détonations retentissent, suivies de six autres en rafale. Ils étaient dix, pourtant.

10

Sentant ses jambes s'engourdir, Bahari-Bora errait dans les couloirs, son pas cadencé épousait une rythmique monotone, compulsive. Parée d'une robe grise en laine, dénuée de charme et, en apparence, pas taillée à sa mesure, elle s'enveloppait de cette étoffe comme dans un manteau d'indifférence. Au moindre geste, la matière glissait de ses épaules, révélait à peine ses rondeurs, qu'elle s'empressait de dissimuler. Jamais personne ne lui avait enseigné que sa poitrine était une partie intime, et cette ignorance la remplissait de honte. Avec sa tête rasée, elle pouvait être prise pour un garçon de son âge. Elle pensa à Mawingo, qui n'avait pas de seins. Les garçons, eux, ne comprendraient jamais cette lutte intérieure.

Lorsqu'elle atteignit le seuil de la sixième chambre sur sa droite, elle fut charmée par les mouvements d'une fille, Acacia.

Elle paraissait essoufflée, et en regardant de plus près, Bahari-Bora remarqua qu'elle tentait de gonfler un ballon à la forme inhabituelle. Intriguée, elle s'approcha. Une persistante odeur de banane flottait dans l'air. D'un coup d'œil rapide, elle chercha son fruit préféré, en vain. Le dos découvert de la jeune fille offrait une vue saisissante à quiconque entrait dans la chambre. Bien que le ciel s'assombrissait au-dehors et que les arbres se préparaient à une tempête, elle brûlait de chaleur. En sentant une présence derrière elle, elle se tourna. Bahari-Bora constata avec surprise que la fille ne se gênait pas pour dévoiler sa généreuse poitrine : l'arrondi de ses seins dépassaient de sa robe de nuit, et elle était assise d'une manière qui exposait délibérément son intimité. Son attention était tout entière captivée par son ballon.

— Salut, lança Bahari-Bora, dont l'estomac venait de l'emporter sur l'orgueil. On t'a apporté des fruits ?

Elle secoua la tête.

— On n'est pas supposées manger quoi que ce soit avant l'opération. C'est ça qui sent la banane. *Nikupatiye*, t'en veux ?

Bahari-Bora, incapable de dissimuler sa curiosité quant à la forme du ballon, acquiesça d'un mouvement de tête.

— Tiens. Tu peux l'ouvrir et le gonflable est à l'intérieur.

— *Aksanti*, merci.

Elle tenta aussitôt d'ouvrir le sachet, mais se heurta à une série d'échecs. Le ballon d'air esquivait ses doigts. Épiant ses tentatives, Acacia l'invita à se rapprocher. Bahari-Bora sentit la chaleur de son corps lorsque leurs peaux se frôlèrent.

— Je vais te montrer comment faire, *angaliya*, regarde, dit-elle en tendant sa main ouverte vers Bahari-Bora.

— Merci.

— C'est bien Bahari, *haiko vile*, n'est-ce pas ?

Elle hocha la tête avant de l'incliner, exprimant ainsi son assentiment.

— Tu es une gentille fille.

Elle prenait tout son temps avec le gonflable, comme si chaque souffle lui permettait de s'évader un peu plus loin.

La jeune fille demanda à Bahari-Bora si elle était toujours assaillie par les souvenirs du calvaire qu'elle avait vécu entre les mains des rebelles dans la jungle. Bahari-Bora se renferma un instant, puis tourna son cou vers la fenêtre, à croire qu'elle cherchait une réponse au-dehors. Ses traits se figèrent, trahissant la lutte intérieure qui faisait rage en elle.

Avant de répondre, elle porta à présent son attention sur les appareils disposés sur une table, dont elle ignorait la fonction. Ils étaient encore sous plastique, preuve de leur récente arrivée. Un kit de transfusion sanguine était sorti de son emballage, prêt à être utilisé.

— Tu sais, je ferme à peine les yeux que je retourne là-bas, se livra Bahari-Bora. Je me revois marcher à travers la jungle, le bruit des pas des rebelles vibre autour de moi. Et puis il y avait leur cruauté, leur campement, un amas de tentes et de feux de camp fumants. Je me rappelle le froid glacial des nuits sans fin, le vent qui sifflait entre les arbres.

Son amie l'écoutait attentivement.

— Ils nous traitaient comme des bêtes, nous obligeaient à travailler sans relâche, nous privaient de nourriture et de sommeil. *Sasa nikuambiye*, tu veux savoir la suite ? Les rebelles m'ont forcée à faire des choses terribles. C'est moi qui nettoyais leurs chaussures couvertes de boue et polissais leurs armes jusqu'à ce qu'elles brillent. Pour m'humilier.

Acacia parut alors noyée dans ses pensées. Un reflet de colère et de chagrin assombrit son âme. Elle prononça une phrase. Ses traits crispés par l'émotion. Immobile. Puis d'autres phrases suivirent, filtrant de ses lèvres sans qu'elle soit consciente de ses propres paroles. Intriguée et préoccupée, Bahari-Bora se pencha pour vérifier s'il restait de la vie dans les yeux de son amie qui poursuivit :

— Chaque fois que je pose l'œil sur mon bas-ventre, les regards enragés de ces hommes me reviennent. Soudain, je me déteste. Je déteste ma vie. Je déteste cette existence, je n'en vois pas la peine, confia Acacia, secouant la tête avec regret. Je n'ai jamais fait de mal à personne. Je ne vole pas. Je ne mens pas. Je ne triche pas. Je fais simplement ce que ma mère me demande de faire. Je le fais parce qu'elle n'a que deux mains pour nourrir sept bouches. Je ne suis pas forte en calcul, mais je sais que c'est impossible. C'est pourquoi j'apporte mes deux mains, moi aussi. Quatre mains pour sept bouches, quatorze yeux, et une soixantaine de dents. Mais je ne suis pas forte en calcul, peut-être que je me trompe. Je suis seulement la fille de quelqu'un : la fille de ma mère qui n'a jamais connu sa propre mère et qui, maintenant, souhaite que je ne la connaisse plus non plus. Elle me déteste. Elle a raison, tout est ma faute. Allô, police, le coupable est là. C'est moi. Je me livre. Délivrez-moi donc ma sentence, moi, la fille sans mère. Elle ne veut plus de moi. C'est ma faute. Tout est ma faute.

Bahari-Bora resta muette.

— Je voulais simplement aller vendre mes arachides comme tous les jours depuis que mes mains nourrissent sept bouches. Je me promenais avec mon bassin sur la tête. Je chaloupais pour attirer les clients, et quand le soleil se couchait, j'étalais ma marchandise dans un coin favorable : devant les bars. Beaucoup de bars. Les gens profitent de la vie : ils savent qu'elle peut s'arrêter à tout moment : il y a pogrom dans la cité.

» Jamais je n'entre dans un bar. Les clients viennent à moi. Ils ne me voient pas. Ils ne me parlent pas. Ils jettent leurs petites coupures, et je mesure une quantité d'arachides en fonction de ces coupures. Je dis merci, gentiment. Les uns hochent la tête, les autres tournent simplement le dos. Ils repartent. Ils reviennent. Maman me dit toujours que les hommes se pavanent avec un serpent vorace entre les jambes, c'est pour cela qu'ils s'entretuent, pour voir qui a le plus gros, le plus avide, le plus impitoyable. Je ne veux pas me faire mordre, alors je n'entre jamais dans des bars. Il y avait une fille dans notre cour commune, la maison de ses parents est collée à la nôtre. Ils n'ont aucun secret pour nous, et nous n'en avons aucun pour eux. Cette fille, elle ne sortait pas depuis un moment et quand elle est réapparue, son bas-ventre était légèrement gonflé et elle vomissait : sa mère, maman Divine, m'a dit de ne pas suivre son exemple. Elle est entrée dans un bar, elle a voulu caresser le serpent d'un garçon, croyant plaisanter, mais il l'a mordue dans l'entrejambe, et son venin mortel a fait gonfler son bas-ventre, c'est pour cela qu'elle vomit.

» Après l'histoire de Maggy la râleuse, j'ai eu du mal à étaler mes arachides devant les bars. Je ne voulais pas qu'un serpent me morde, même par accident. Mais j'ai eu pitié de ma mère. Ou c'est elle qui a eu pitié de moi. Je ne sais pas. Je me suis réveillée et je suis allée vendre. Un vendredi. Une bonne journée. Beaucoup de soûlards. Le soleil venait de se coucher. Mon bassin était presque vide. Il restait une quantité de rien du tout. J'avais engrangé une belle somme. Le ciel était obscur. Une première goutte, je sursaute. Une deuxième goutte, je tressaute. Une troisième goutte, je grelotte. Une trombe, je panique. Ma marchandise de rien du tout, mon argent, mes cheveux, ma fragile santé. Je regarde à gauche, à droite. Les bars sont éteints. La rue est sombre, se confondant avec le firmament. Je m'abrite devant le bar le plus proche. Sauvée, la pluie ne m'atteint pas. Mais je suis un peu trempée. Il fallait traverser la rue. Je tourne le dos au bar pour ma sécurité. La porte grince, elle murmure : viens, tu vas tomber malade, jeune fille. Le temps de répondre, une main m'agrippe. Elle me tire, je me retire : non, je suis bien dehors. C'est gentil. Je te dis que tu vas tomber malade. J'inhale la cigarette, ma mère va me tuer. Maman dit que quand un homme ingère de l'alcool, c'est son serpent qui parle à sa place, qui pense à la place de son cerveau. Je ne veux pas contrarier le serpent, j'obtempère. Ma première fois dans un bar. Il me débarrasse. Les ténèbres, mais dehors, l'orage. Un éclair me fait découvrir des visages jusque-là tapis dans l'ombre. Encore le noir, les bouts de cigarettes scintillent. Je croise les jambes, je prie qu'ils ne me volent pas mon argent. Dis donc, tu es si timide ? Non, je ne me sens pas bien. Viens par ici. Non, je suis bien ici. D'accord, je vais venir vers toi, on va jouer. Je joue seulement avec notre petit dernier, il s'appelle Kasereka. Ah bon, voilà une responsable. Je me lève : il avance. Je recule : il progresse. Je me heurte contre le mur : il m'atteint. Je joins mes mains sur ma poitrine pour protéger mon gain, je m'accroupis, je ferme les yeux et je prie. Sa braguette m'alerte. Je prie. Il sifflote. Le serpent flasque, il le saisit fermement et me fouette la tête avec. Je le supplie d'arrêter. Il verse son whisky mal distillé sur moi : oups, tu vas devoir me rembourser. Tu vas devoir nous rembourser, on t'abrite ici, tu crois que c'est pour rien ? Ayez pitié de moi, messieurs. Messieurs ? Elle a de l'imagination, la fillette. Messieurs, fillette. D'une seule main, il me tire par les cheveux. Il me balance : j'atterris sur une table en bois. Je me relève. Ils avancent. Je me couche. Le dehors est parsemé d'éclairs. Ils ont baissé leurs pantalons, ils sont trois. Le plus élancé est au milieu. Quand la lumière de la foudre éclaire l'intérieur, je les vois, chacun caresse son serpent, me dévorant du regard. Ils me mordent, chacun à leur tour, m'injectant leur venin. Je sais que je suis condamnée. Mon entrejambe saigne à blanc. La pluie tombe de plus belle. Ce n'est pas le beau temps. Ils me retournent, ils me reprennent. Je verse toutes les larmes de mon corps. Ma souffrance est atroce, barbare. Personne ne peut l'imaginer, la vivre. C'est comme si on enfonçait une scie entre mes cuisses, et qu'on déchirait mon corps, me ravissant ma dignité sans aucune pitié. Ma souffrance, leur plaisir. Ils se passent mon âme, s'échangent mon corps telle une vulgaire tige de cigarette. Son mégot fumant et encore brûlant, il l'enfonce avec inhumanité dans l'antre de mon corps. Mon cœur s'éteint. J'aurais préféré mourir.

Longue attente.

— Au petit matin, le soleil se lève comme si de rien n'était, de son côté habituel. Mon sang caillé entre mes cuisses se confond avec la boue ignoble dans laquelle je baigne, terrifiée. Mes vêtements déchiquetés, ma personne laminée. J'ai découché, je rentre chez moi les mains vides, le cœur sec. Maman me voit, elle sait. Oui, elle le sait, au premier regard. Le serpent a mordu la fille des voisins, son ventre a gonflé. Trois serpents m'ont mordue, combien de fois le mien va-t-il gonfler ? Va-t'en, s'il te plaît. Voilà, je patiente plusieurs semaines pour que le poison fasse grossir mon ventre, et maintenant je vois le docteur pour qu'il l'aspire et après, peut-être que je vais mourir, si maman ne veut toujours pas de moi. Et je ne laisserai plus jamais pousser mes cheveux, comme ça aucun serpent n'aura plus par où m'attraper. C'est ma résolution. Si je meurs, puisses-tu prier pour moi, mon amie.

Sans attendre le moindre réconfort de la part de Bahari-Bora, Acacia déchira lentement l'emballage sur le côté. Lorsque le gonflable timidement pointa le bout de son nez, imprégné d'une fragrance de banane, le ventre de Bahari-Bora émit un grondement continu. Avec une amabilité presque solennelle, elle le saisit entre son pouce et son index, le déroulant dans la paume de sa compagne d'infortune.

Bahari-Bora, les yeux rivés sur l'objet, fut frappée par une révélation abrupte. Ce n'était plus une vérité voilée ni un souvenir auquel elle s'efforçait de ne pas penser. Le viol, cet acte impie, cette violence inouïe, se déployait dans toute sa monstruosité. Elle en ressentait maintenant la pleine mesure, couteau planté dans sa chair. Lentement, avec une crainte presque inconsciente, elle abaissa son regard vers son ventre, désormais chargé d'un poids qui n'était plus seulement celui du chagrin. Les mots de Sophia, murmurés quelques jours plus tôt, ressurgirent dans sa mémoire : « Le bon moment viendra, tu verras. Tu auras des enfants merveilleux, avec ton époux. » Mais cette vision paraissait aussi irréelle qu'une chimère, un mirage auquel elle ne pouvait plus croire.

L'idée de l'avortement se glissa alors dans son esprit, comme une ombre insidieuse, suivie d'une autre pensée encore plus redoutable : sa propre mort comme seule issue. Malgré ce tourbillon d'idées funestes, elle demeura impassible, lisse, devant son amie qui, avec une attention quasi absurde, continuait à s'occuper du gonflable. Bahari-Bora se demandait ce que Mawingo penserait d'elle s'il connaissait l'ampleur de son désespoir, et surtout, comment maman Mathilde la jugerait. Le monde entier, d'ailleurs, que dirait-il d'une femme comme elle ? Une femme brisée, sans avenir, sans amour véritable.

Soudain, un frémissement, un coup léger traversa son ventre. Elle tressaillit, arrachée à son cauchemar intérieur, et porta la main sur sa peau tendue. Le contact était si fugace, irréel, qu'elle resta un instant interdite, incapable de comprendre ce que cela signifiait. Son esprit embrumé essaya de balayer ce détail. Mais ce coup mystérieux venait ébranler sa certitude.

Les paroles d'Acacia lui revinrent en tête. Elle avait parlé du sexe masculin comme d'un serpent perfide, dangereux, dont la morsure laissait une marque indélébile. Le venin, disait-elle, était une substance qui s'insinuait dans le corps des femmes, le déformant, le corrompant.

Elle comprenait enfin. Ce serpent l'avait mordue, vicieux, dans l'ombre de la forêt. Son venin se répandait en elle, et c'était ce poison qui faisait gonfler son ventre. Les jours passaient et elle devenait plus étrangère à elle-même, trahie par ce corps qui portait désormais le fardeau de cette morsure infâme.

Après un long moment de silence, comme si elle voulait accorder à Bahari-Bora le temps nécessaire pour digérer son récit, Acacia changea de sujet.

— Je parie que tu as oublié mon prénom.

Elles échangèrent un sourire complice et, étouffant de chaleur, la jeune fille s'éventa avec sa main. Ensuite, elle se pencha sur sa gauche, saisit son petit sac et en déversa le contenu sur le lit.

— Et tu paries quoi ? s'intéressa-t-elle avant de gonfler son jouet.

— Tous mes gonflables !

Bahari-Bora s'engagea avec enthousiasme dans cette petite bataille amicale. D'un geste vif, elle rassembla tous les sachets de son côté, formant ainsi une frontière imaginaire pour s'approprier les gonflables. Tenant déjà un des gonflables entre ses dents, elle le remplit de son souffle chaud, le transformant peu à peu en une forme courbée amusante.

— Tu les as achetés où ?

Elle fit une grimace, comme pour se faire prier avant de dévoiler son secret.

— Acacia !

Décontractant les muscles de son visage, un rire éclatant jaillit d'elle, si explosif qu'il projeta mille et une gouttelettes sur le flanc droit du visage de son amie. Dans cette expression de joie, un magnifique diastème apparut. Une touche d'innocence sur son visage radieux.

— D'accord, d'accord. Tu as gagné.

— *Ni wapi*, c'est où ?

Elle n'avait pourtant pas un sou en poche.

— Ne t'en fais pas, c'est gratuit. Il y a une femme qui en distribue derrière. On lui a aménagé un stand.

Elle identifia sa prochaine destination.

— Elle prétend que ça empêche d'attraper les maladies par la voie d'en bas. Et aussi de porter un enfant sans planification.

— Ça veut dire quoi, « planification » ? glissa-t-elle, perplexe[1].

---

1. « Il reste encore beaucoup à faire pour parvenir à l'autonomisation complète des jeunes filles qui mettra fin au cycle de violence. « Permettre à tous les adolescents, filles comme garçons d'achever avec succès le cycle scolaire est important pour leur donner les moyens de contribuer à l'évolution positive de leur société. Chacun de nous doit encourager les jeunes filles à s'instruire, à participer aux prises de décision. Nous devons les responsabiliser, les encourager à prendre part au monde dans lequel elles vivent. L'éducation est leur avenir. », Les Projets Rosalie, « Situations des filles en RDC », 22 novembre 2016 (Sophie Mille).

Bahari-Bora, une fois le gonflable rempli d'air et noué, se tourna vers son interlocutrice avec une excitation palpable. Elle brandit le jouet, prête à partager une leçon passionnante avec son amie.

— Je pense qu'on doit le gonfler comme ça et enfermer l'enfant à l'intérieur. C'est ça ?

— C'est à peu près ça, je crois.

Elle posa son gonflable sur son bas-ventre, gloussant légèrement.

— *Ngoya kwanza*, attends, l'enfant en question doit faire quelle taille pour rentrer ici ?

Elles s'esclaffèrent à l'unisson. Leur éclat fut de courte durée : au même moment, une autre infirmière surgit pour éconduire Bahari-Bora, prétendant que l'heure de l'intervention d'Acacia avait sonné. Bahari-Bora acquiesça, se laissant guider hors de la chambre. Arrivée sur le seuil, elle jeta un dernier coup d'œil en arrière et surprit Acacia qui l'observait, ses yeux implorant une seconde de plus de connexion, une seconde de plus de partage complice. Un sourire timide se dessina sur leurs visages, témoin de leur amitié. Mais lorsque Bahari-Bora aperçut l'infirmière, une sensation étrange l'envahit. Elle crut la voir vêtue d'un ensemble noir, la mine énigmatique, les yeux dénués d'humanité, comme deux abysses sans fond.

11

13 avril 2013

Huit rafales. Bahari-Bora ne se pose pas beaucoup de questions, elle ne cherche à rien savoir. La femme est là, dans son dos, ses doigts agiles glissant à travers ses cheveux avec une habileté acquise par la répétition. Son intention lui échappe, mais elle a placé un miroir devant ses yeux. Est-ce pour elle ou pour Bahari-Bora ?

Elle détourne la tête, mais son corps reste immobile, contrôlée par des fils invisibles. La femme la replace aussitôt dans sa position initiale, telle une marionnettiste. Bahari-Bora ne veut pas savoir. Elle refuse de croiser son propre reflet, en une accusation muette. Elle est couverte, mais elle refuse de se confronter à sa propre nudité.

Les autres filles pleurent, perdues dans l'horreur de ce qui s'est passé avec leurs camarades la veille. Bahari-Bora se demande si elle est toujours en vie, si elle est connectée à ce monde. Et celles qui sont là avec elle, combien de temps leur reste-t-il ? Combien de jours, combien de nuits leur seront accordés ?

Cela ne dépend pas d'elles. Pas d'elle. Pas de Kabelya. Pas du gouvernement. Pas de maman Mathilde. Pas du bon Dieu. Pas de la communauté internationale. Pas de pays alliés. Pas de la bonne volonté. Peut-être faudrait-il que le diable se repente.

Sous les mains expertes de Bi Achina, les cheveux de Bahari-Bora tombent doucement. Les ciseaux tracent des courbes dans sa chevelure, des notes de musique dans l'air. Le visage de Bi Achina, reflété dans le miroir, respire la quiétude, la concentration.

Une rumeur court, racontant que personne parmi ceux partis avec leurs camarades n'est revenu. L'absence d'Al Saïd plane telle une ombre.

Une voix, similaire à un cri enragé, erre dans le camp. Bahari-Bora la sent dès l'aube, alors que les premiers rayons du soleil traversent la tente. Cette voix, impitoyable, cherche une proie à corrompre. Des frissons parcourent son corps. Son imagination lui joue des tours.

Les filles se rassemblent, serrées les unes contre les autres dans la petite pièce. Bahari-Bora, à l'instar de ses camarades, tremble, redoutant le moment où la voix s'abattra sur elles.

La louve leur a aménagé un dortoir spécial. Elles, les filles qui n'ont jamais eu leurs règles, les « filles blanches », sont à part. Certaines femmes de la meute se montrent bienveillantes, conscientes qu'elles ne provoqueront jamais ces menstruations.

Lorsque Bi Achina leur a coupé les cheveux, elle a mentionné le fait qu'elles allaient apprendre à devenir de bonnes épouses, prêtes pour Al Marid. Plus leurs règles tardent, plus elles sont exploitées. Bahari-Bora préfère cette exploitation à l'alternative effroyable qui l'attend si ses règles apparaissent.

Elle prie pour que son corps ne la trahisse pas, que le matin vienne sans que des saignements surgissent.

Mais la menace grandit. La voix à l'extérieur devient plus insistante, vorace. Les pas résonnent dans le camp, les rebelles s'agitent, arment leurs kalachnikovs, prêts au combat. Bahari-Bora et ses amies se serrent, cherchant du réconfort dans la proximité des autres. Esther, pétrifiée de terreur, urine dans son lit. Personne n'en rit.

Une imposante silhouette entre dans la pièce. La louve se tient là, le visage crispé de colère. Ses gestes sont brusques, violents. Sarah, dans la panique, tente de se dédouaner en accusant Esther. La louve déchaîne d'abord sa colère sur Sarah, avant de se tourner vers Esther, la secouant avec brutalité, sous le regard horrifié des autres filles.

Bahari-Bora, silencieuse, assiste à la scène. La nausée lui monte. La louve, après avoir craché sur la jambe de Bahari-Bora, se détourne, les méprisant toutes. Elles ne sont que des objets, bonnes à être utilisées, jetées. Leur seule utilité ici est d'être des boucliers humains.

Le matin suivant, après une nuit sans sommeil, elles sont rassemblées dans la cour. Al Marid est là, indifférent, en sandales, manipulant des perles entre ses doigts. Bahari-Bora le toise à peine, sentant que ses mouvements doivent être contrôlés. Les rebelles les précèdent et elles suivent, entourées par des hommes armés.

Ils s'enfoncent dans la forêt. Bahari-Bora ressent l'accablante étreinte de la jungle au moindre pas. Les branches semblent vouloir les retenir, les feuilles mortes craquent sous leurs pieds. Elle remarque qu'Esther continue de se soulager en marchant, incapable de se maîtriser sous la terreur. Bahari-Bora prie pour elle.

Plus ils avancent, plus l'angoisse grandit. Soudain, un spectacle macabre se dévoile devant elles : un étang de sang, des corps mutilés, ceux de Prudence et Bénie. Deux hommes sont étendus sur elles, leurs pantalons baissés, tandis que les cadavres de leurs amies portent les marques d'une fin brutale, une balle dans la tête.

Le cœur de Bahari-Bora se serre. Elle vomit. L'odeur est insoutenable, mélange de putréfaction et de chair en décomposition. La guerre, la mort omniprésente, lui saute au visage.

Il n'y a aucune trace de Kabelya ni d'Al Saïd.

Le chef des rebelles, Al Marid, ordonne le changement de campement dès ce jour même.

Les jeunes filles sont embarquées dans une longue marche à travers les méandres de cette région. Contrainte de porter des caisses de munitions, Bahari-Bora réalise que les rebelles ont commis une grave erreur. Cela lui donnera des mauvaises idées, bien des années plus tard. Une seule pensée reste dans son esprit : survivre, coûte que coûte, à ce cauchemar.

12

Au bout de son nez, un occulte pouvoir émanait du manguier. Ce manguier, gardien d'histoires ancestrales et d'ombres dansantes, attendait patiemment le crépuscule pour devenir le théâtre d'un monde fantastique, selon les récits de l'infirmière qui avait disparu. Parmi toutes les créatures qui se disputaient le bail du grand monde, le pigeon biset captivait Bahari-Bora. Solitaire mais non craintif, il se pavanait parmi les hommes avec une assurance gracieuse. Son plumage gris pâle était rehaussé de barres noires. Elles ornaient ses ailes telles des médailles de distinction. Son cou peint en nuances de vert et de mauve scintillait sous la lumière du jour, tandis que son bec, d'un blanc immaculé, renvoyait une palette de mille couleurs. Ses yeux, d'un orange vibrant, portaient en leur centre une tache noire imposante, témoin de sa majesté indéniable. En observant cette créature fascinante, Bahari-Bora laissait vagabonder son imagination. Elle se demandait si le pigeon avait conscience du pacte sinistre imposé par les réalités de son pays : pleurez l'avenir de vos enfants, enterez vos mères. Face à une telle violence, aurait-il pleuré ?

En cette matinée, le soleil émergeait timidement entre les nuages. Le vent caressait les oreilles de Bahari-Bora. Elle se laissa emporter par un moment de contemplation, captivée par l'horizon infini qui s'étendait devant elle. Au loin, les collines ondulantes se fondaient dans le ciel, concert de couleurs et de formes.

Dans l'arrière-cour grouillante, une somme humaine s'étendait à perte de vue. De stand en stand, jeunes filles et garçons confondus étaient accostés par des adultes bienveillants qui leur prodiguaient des conseils et leur fournissaient un réconfort nécessaire. Parmi eux, un groupe de médecins, identifiable par leurs blouses blanches, prélevait avec diligence le sang des volontaires pour des dépistages rapides du VIH. Elle se remémora son premier test de dépistage lorsque son groupe avait été hébergé à l'hôpital.

Parmi la multitude de visages pressés, elle repéra une femme qui se tenait près d'un stand où des bâches blanches arboraient des logos rouges en forme de nœud inachevé. Sur la table, des cartons étaient soigneusement disposés en piles. D'un pas décidé, Bahari-Bora se fraya un chemin à travers la foule mouvante pour rejoindre la femme, qui jetait un coup d'œil furtif sur son ventre avant de l'aborder avec un aimable sourire.

— Bonjour, ma fille. Je suis maman Jephté. Viens, installe-toi, s'il te plaît.

C'était une tradition, dans les régions frontalières de la République démocratique du Congo, que les femmes se fassent appeler par le prénom de leur premier enfant, à condition que cet enfant soit béni d'un serpent entre ses jambes. Elles considéraient cela comme un honneur.

Bahari-Bora haussa les épaules, scrutant son entourage avant de s'installer.

— Bonjour, *madamé*. Mon amie Acacia m'a dit que vous distribuez des *gonflablés*. Est-ce vraiment vous ?

Maman Jephté eut du mal à saisir ce que la jeune fille voulait dire par « *gonflablé* ».

— Je suis désolée, ma fille, je ne suis pas sûre de saisir. Que veux-tu dire par « gonflable » ? demanda-t-elle avec un léger sourire.

Bahari-Bora, constatant la confusion de maman Jephté, leva son doigt et pointa les cartons empilés sur la table. Sur ceux-ci, des inscriptions indiquaient « Préservatifs ». À cet instant, un éclair de compréhension traversa le regard de la femme. Émue par son innocence et par son accent de swahiliphone, elle s'approcha de la jeune fille et lui adressa un sourire.

— Tu vois, ma fille, commença-t-elle en saisissant une pochette, on appelle ça le « préservatif ». C'est un petit objet qui protège contre les maladies sexuellement transmissibles et empêche une grossesse non désirée. On déchire le sachet et on glisse le préservatif sur le sexe de l'homme. Il faut toujours lui dire de le porter et, s'il résiste, il faut vite partir, fuir s'il le faut.

La jeune fille fixa la terre qui semblait s'ouvrir sous ses pieds, lui projetant de douloureux souvenirs.

— Al Marid ne l'a pas porté, balbutia-t-elle. Est-ce que je vais mourir ?

Maman Jephté se pencha vers Bahari-Bora, soucieuse devant cet aveu. Elle lui demanda qui était cet homme.

— Al Marid, il me faisait mal. Il m'a fait saigner. À mon tour, j'ai fait quelque chose de mauvais et, maintenant, avec les autres filles, on est chez le Dr Farid et *madamé Sofiya*.

La femme, ayant perçu le remords dans les yeux de la jeune fille, fit preuve de délicatesse. Elle voulait la soutenir sans la contraindre à revivre ses traumatismes.

— Sophia est une femme extraordinaire, je dois dire. Nous travaillons main dans la main à Kinshasa. Elle a un cœur en or. Tu sais, il lui arrive souvent de se rendre dans les quartiers les plus difficiles de la ville pour apporter son aide. Parfois, le gouvernement met à sa disposition un convoi militaire pour assurer sa sécurité. Elle n'a peur de rien, cette femme-là. Nous dirigeons ensemble une ONG qui lutte en faveur d'un avenir meilleur pour les enfants orphelins. Nous travaillons dur pour leur offrir des opportunités en Europe, au Canada et aux États-Unis.

Bahari-Bora ne faisait que hocher la tête, signe évident qu'elle ne suivait pas vraiment son interlocutrice. Cependant, un nom retint son attention : « Kinshasa ». La capitale était un objet de fascination pour ceux qui n'y habitaient pas. Une envie irrépressible de savoir ce qui s'y passait s'empara d'elle.

— Comment c'est là-bas, à *Kintchasa* ?

Avant de répondre, maman Jephté contempla autour d'elle : des groupes de personnes discutaient vivement, certains achetaient des produits sur les stands colorés, tandis que d'autres s'affairaient à distribuer des tracts informant sur telle ou telle affection. Les enfants jouaient joyeusement, couraient entre les jambes des adultes, créaient une aire animée et pleine de vie.

— Tu sais, la vie à Kinshasa, c'est un véritable enchantement, dit-elle avec un sourire rêveur. Pour ceux qui savent voir, la ville regorge de merveilles. Les marchés débordent de couleurs, avec des étals remplis de fruits aux parfums enivrants, et les artisans tissent des étoffes qui dansent au soleil à Gambela. Les soirées, la ville s'anime d'une hardiesse incomparable. Les orchestres de rue envahissent les avenues de Bandal, jouent des mélodies qui réchauffent le cœur et l'âme. Il y a toujours un coin de verdure, un endroit paisible au bord du fleuve où l'on peut s'évader, contempler les reflets dorés sur l'eau et oublier les tracas de la vie quotidienne, une bière à la main.

Bahari-Bora fut transportée par le récit de la femme. Ses yeux se mirent à briller tandis qu'elle s'imaginait au marché animé, bercée par l'envoûtante rumba congolaise. Aussitôt, l'infirmière qui lui avait été assignée apparut, haletante.

— Ah, te voilà enfin ! J'ai pensé que tu t'étais enfuie. Retrouve-moi dans la salle où nous étions, c'est bientôt l'heure de l'intervention.

L'infirmière repartit à la hâte et se perdit dans la foule mouvementée. Autour de Bahari-Bora, des visages se pressaient, chacun avec son propre récit à raconter. Les voix fusionnaient dans un bourdonnement constant, tandis que les corps se déplaçaient avec une énergie frénétique.

Bahari-Bora contemplait les âmes écartées par la société, éjectées dans l'ombre de l'indifférence. Elle remarqua les ventres distendus, témoins muets de la détresse, se dessinant dans les recoins les plus lointains, laissant le sien dans l'oubli. Elle posa à maman Jephté une question en apparence anodine, mais qui, par la suite, sema les graines du premier livre de cette dernière. Un ouvrage qui la propulserait à travers le monde, un voyage littéraire dédié à la mémoire de cette jeune fille assoiffée de vie.

— Maman Jephté, j'ai été violée. Est-ce que je mérite encore de vivre ?

Elle lâcha sa question comme *Enola Gay* lâcha impunément *Little Boy* sous les cieux de Hiroshima. Bahari-Bora se releva, impassible. La jeune femme, accablée, enterra son visage dans ses mains et versa des larmes.

13

Décembre 2017

Les années défilent, emportent avec elles leurs perspectives. Chaque jour réserve son lot d'épreuves, d'atrocités. On leur dit que tout cela est une formation, une préparation pour le reste de leur destinée. Une vie sans valeur ni dignité. Restreinte à sa plus simple expression : épouse, reproductrice, rien de plus.

Les louves restent inflexibles, imperturbables dans leur cruauté. Au fil du temps, Bahari-Bora et les autres filles entendent parler d'un groupe de filles qui subit le même sort qu'elles :

> « Chacun [des ravisseurs] a emmené une fille dans la forêt. Celui qui m'a emmenée m'a demandé quel âge j'avais et si j'allais à l'école. Il m'a ordonné de me déshabiller et de m'allonger sur le sol ; il avait une grenade dans la main. Quand j'ai crié, il m'a frappée et m'a dit de me taire. J'avais très mal et je pleurais en silence pendant qu'il me violait[1]. »

---

1. Marie, quinze ans, a ainsi décrit la première nuit après son enlèvement, pour Human Rights Watch. « Hausse alarmante du nombre d'enlèvements dans l'est du pays », 16 décembre 2015.

Bahari-Bora n'attend aucune compassion de leur part. Pour ressentir de la compassion, il faut un cœur qui bat. Or, les louves n'en ont pas. Leur cœur, s'il existe, est fait de pierre, de brique, de béton.

Lorsque Bahari-Bora pense avoir atteint le sommet de l'horreur, une perversion inédite la surprend. Les louves semblent prendre un malin plaisir à les dégrader, comme si elles étaient des monnaies dévaluées. Leur regard hagard trahit leur plaisir malsain à les voir souffrir.

La seule constante dans cette atrocité, c'est son entrejambe qui ne saigne pas. Ses camarades saignent. Elle est la risée de la famille, si c'en est une, au moins. Mise à l'écart, elle observe tous les soirs la louve suprême convoquer les filles pour rien d'autre qu'écouter sa voix. Bahari-Bora est la garçonne parmi les louves et les lions. Si on n'est pas à table, on est le menu. C'est ainsi.

La louve suprême la maudit, de la même façon qu'elle-même maudissait sa propre mère. Un jour, elle lui fait nettoyer tous les souliers du campement, le lendemain, elle lui fait malaxer une marmite plus grosse que le monde.

Dans le tumulte des événements, l'armée régulière découvre leur cachette dans les replis les plus secrets de la région.

Une marche, longue et infernale, les attend. Le diable Al Marid, convaincu que le premier coup détermine le cours des batailles à venir, donne l'ordre de tendre une embuscade à un bataillon qui établit un camp non loin. Tandis que Bahari-Bora et les autres portent des munitions et des armes sur la tête, chacune avec son fardeau, ses prières murmurées, Al Marid reste dans son quartier général, à l'abri du danger.

Au début, la peur la fait suer. Mais avec le temps, elle réalise qu'elle peut se nourrir de ce sentiment. Ainsi le répétait la garante de sa vie sur terre : « Il ne faut pas sous-estimer le caractère salvateur de la peur. » Sa peur la maintient en alerte, sa peur est son courage, sa raison de vivre. Elle nourrit la haine qui la rend plus forte, qui la forge. Sa peur, elle l'utilise autant que possible, car aussi rusées que soient les louves, aucune d'entre elles ne peut pénétrer son imagination.

Sur la route, les unes portent des lance-roquettes, d'autres des grenades. Bahari-Bora est chargée des chaînes de munitions. Chacune d'entre elles sait manier ces armes : elles ont reçu une formation après la disparition d'Al Saïd, que le chef des rebelles, dans sa paranoïa, ne considérait pas être une coïncidence : il s'imaginait donc que ce dernier n'hésiterait pas à échanger leur position contre des faveurs dans l'armée régulière. Elles ont appris à utiliser ces instruments de destruction, et Bahari-Bora comprend que le passage sur terre n'est qu'un jeu d'enfant.

L'entraînement ne prépare pas à la brutalité du terrain. Il ne peut masquer la vérité barbare des hommes qui se battent pour l'honneur d'un blason, d'un uniforme ou d'un idéal. Dès que les rebelles positionnent leurs mortiers, une salve de projectiles s'abat sur le camp militaire, et la riposte ne tarde pas. Les explosions déchirent l'air. Les arbres tremblent sous le feu, leurs branches se tordent, des bras implorant la clémence. Bahari-Bora et ses collègues sont là, prises au piège.

Les cris des rebelles résonnent, mêlés au fracas des explosions. Ils leur intiment de se jeter à terre, de se coucher dans le sang des corps voisins, qu'ils soient amis ou ennemis. La peur est la seule certitude. Bahari-Bora ne peut se résoudre à s'allonger. Ses jambes chancellent, et à côté d'elle, un jeune rebelle décharge son arme. Figée, elle observe la scène, tandis que sa vessie se vide involontairement, libérant une peur viscérale.

Les bombes cessent de pleuvoir, mais le sol tremble encore sous le pas des militaires. Ces derniers suivent une tactique précise. Les rebelles, eux, n'ont qu'une maxime : semer la terreur. Comment combattre celui qui ne craint pas la mort, celui qui la considère entre autres comme une récompense ? Bahari-Bora assiste à un acte de désespoir extrême. Un rebelle, voyant son arme vide, décide d'ouvrir une grenade et de la lancer à quelques mètres de lui.

Les militaires, en découvrant Bahari-Bora et les autres élèves, hésitent un instant. Leurs doigts se figent, ce qui profite aux rebelles.

Les rebelles décident alors de parfaire la formation des filles.

Un jeune militaire est désigné à titre d'exemple. À genoux, les mains liées, il attend son sort. Un des hommes tend un fusil à Bahari-Bora, lui ordonne de le pointer sur le militaire. Effrayée, elle le fait. Le jeune homme, silencieux, ferme les yeux et murmure une prière.

Bahari-Bora laisse tomber le fusil. Le rebelle lui donne une gifle. Elle tombe au sol, et même avec les oreilles bouchées par le choc, elle entend les balles qui perforent le corps du militaire. L'homme déclare que son cas sera réglé au campement. Elle sait qu'elle est condamnée, mais elle n'a pas l'intention de partir seule. Quand ils lui confient une caisse de grenades, elle ne tarde pas à se servir.

De retour au campement, Bahari-Bora est insultée par la louve suprême avant d'être envoyée sous la douche. Là, elle cache son butin et attend son sort.

Enfin, elle saigne.

14

Retournant dans l'hôpital, Bahari-Bora avançait d'un pas lent s'imprégnant du parfum bénéolent de terre mouillée. Elle contemplait les premières gouttes de pluie, comme des perles de rosée timides. Le pigeon, symbole de la royauté, s'élança dans le ciel. La jeune fille se dirigea vers un fil à linge et choisit des vêtements : un épais pantalon en jean et un pull noir, peut-être laissés par le regretté Jah Kasongo. Sans le savoir, le pays abritait en son sein une génération de blessés en devenir, collatérales victimes de ses tourments.

Sous le couvert majestueux des branches du manguier, elle trouva refuge, dissimulée de tout œil indiscret par le tronc massif de l'arbre. Avant de passer à l'action, elle scruta son environnement, pour s'assurer qu'elle demeurait hors de vue. L'histoire de la femme qui attendait le retour de son fils voulut refaire surface dans son esprit, elle la repoussa d'un revers de la main et entreprit de changer de tenue. D'abord, elle enfila le pantalon par-dessous sa robe, puis elle retira la robe de ses épaules pour la laisser glisser à terre, comme si elle n'avait jamais eu besoin d'elle. Enfin, elle revêtit le haut, tandis que la pluie commençait à s'intensifier.

Bahari-Bora, animée d'une énergie juvénile, se mit à courir, laissant des empreintes géantes dans la boue détrempée, une enfant espiègle s'amusant sous la pluie.

Elle franchit le seuil de l'hôpital et essuya les gouttes qui dégoulinaient de son visage, reprenant son souffle après sa folle course. Une fois sa respiration calmée, elle se retrouva face à un couloir qui semblait se rétrécir devant ses yeux. Les chambres alentour se fondaient dans un silence oppressant et se dissipaient dans l'oubli. Seule la chambre numéro 6 restait, désormais sur sa gauche. Des ombres étranges et immobiles se dessinaient sous la porte. Elle ressentait l'attraction magnétique de la chambre numéro 6, puisqu'une force mystique émanait de ses murs, l'attirant irrésistiblement.

Sans un battement de cils, elle pressa son visage à travers l'étroit espace offert par la porte entrouverte. Son sang se congela dans ses veines. Tétanisée. Elle observait, incapable de faire le moindre mouvement, alors qu'Acacia, sa douce amie, se débattait désespérément. Ses violents coups de jambe étaient retenus par les mains sombres des créatures encapuchonnées. Leurs yeux blancs, dénués de pupille, éclipsaient toute humanité. Elles demeuraient imperturbables face aux souffrances d'Acacia. Bahari-Bora sentait son cœur se serrer d'angoisse, impuissante face à la détresse de son amie. Cris déchirants, macabres.

Dans l'obscurité sinistre de cet enfer, un monstre surgit, jusque-là tapi entre les jambes d'Acacia, écartées par deux créatures enragées. Le chef de ce cauchemar se révéla devant les yeux effrayés de Bahari-Bora : une tête de femme, voilée, que son esprit maudissait, la louve ; un corps d'homme, rebondi, charnu, Al Marid ; des mains veineuses, terrifiantes. L'une de ses mains s'enfonça dans le ventre d'Acacia, qui semblait appeler sa propre mort. Cette main écrasait impitoyablement la vie qu'elle portait. Un bruit sinistre retentit, un son qui hanterait les nuits de Bahari-Bora pour les temps à venir. Un flot de sang jaillit du sexe d'Acacia, qui gémissait, sa tête se balançant d'un côté à l'autre, épuisée.

Épouvantée par cette vision, Bahari-Bora rassembla les maigres réserves de force qui lui restaient et réussit à se retourner. S'appuyant contre la porte, elle transpirait à foison. Les yeux clos, elle percevait une voix qui scandait son nom, « Ba-ha-ri-Bo-ra, Ba-ha-ri-Bo-ra », chaque syllabe accompagnée d'un sifflement sinistre. Glaçant. Un frisson parcourut son corps, se logea dans sa nuque. Ses cheveux se dressèrent sur son crâne. La voix se rapprochait. Les yeux toujours clos, elle releva la tête et concentra toute son attention sur sa respiration. Une seconde, elle eut l'impression de respirer pour deux âmes harmonieuses, unifiant leur souffle. Son instinct la poussa à poser ses mains sur son ventre, et elle ressentit trois insignifiants coups, comme des caresses avec des gants de velours. Une clarté nouvelle envahit son esprit.

Bahari-Bora ressentit son enfant bouger. Une onde de chaleur et de bonheur irradia de son ventre, illumina chaque cellule de son être. C'était un moment de grâce, où le temps sembla suspendu, où toutes les peurs et les doutes s'évanouirent pour laisser place à l'émerveillement et à l'amour pur, véritable. Bahari-Bora sut alors qu'elle était prête à affronter tous les défis pour protéger et chérir cet enfant.

Elle observa de nouveau la chambre et vit une infirmière tendrement penchée sur le bras d'Acacia, une autre prenant des notes, et une dernière concentrée sur un écran, consultant le Dr Farid qui maniait avec expertise un instrument. Tous étaient de blanc vêtus.

La jeune fille sursauta lorsque la voix de l'infirmière l'appela. Sans pouvoir en expliquer les raisons, les jambes de Bahari-Bora lui dictèrent de s'enfuir, malgré les promesses de soutien de ses bienfaiteurs. À cet instant, elle ne pensait ni à l'avenir, ni à Sophia, ni au reste du monde. Elle se contentait de suivre son instinct, de se laisser guider par l'impulsion de fuir, de s'éloigner le plus possible de cet hôpital. Le fracas de ses pas résonnait dans le corridor.

Dans un éclair, la jeune fille se retrouva sous la pluie battante, dévala le versant de la colline sans jeter un regard en arrière, sans une once de regret. Les gouttes épaisses caressaient sa peau, s'intégraient à l'odeur enivrante du pétrichor. Ses pieds s'enfonçaient dans la boue.

Devant elle, la végétation luxuriante de l'Est congolais s'étendait à perte de vue. Les cacaoyers se dressaient vers le ciel. Leurs feuilles sombres vibraient sous l'assaut du vent. L'arôme sucré du cacao flottait dans la contrée, mélangé à celui du thé vert des plantations environnantes, et enveloppait Bahari-Bora dans un cocon de tranquillité.

Malgré la violence de sa fuite, elle ne pouvait s'empêcher d'apprécier la beauté brute qui l'entourait. Les épines des plantes qui bordaient le sentier griffaient sa peau, laissaient des traces rouges sur son passage, mais elle ne ressentait aucune douleur, son esprit trop absorbé par le tumulte de sa raison : comment rentrent-ils chez eux, ceux qui n'ont aucune adresse sur cette terre ?

Alors qu'elle continuait sa course effrénée, elle se sentait libérée et étreinte par la splendeur du monde qui l'entourait.

D'un revers de main, elle balaya son front et, résolue, se dit : *Avec mon enfant, mon sang et ma sueur, je bâtirai ma famille ! Sur terre ou dans les cieux : j'ai trouvé ma raison de vivre.*

15

Errance, janvier-février 2018

Errant de village en village, elles sont seize, un groupe de jeunes filles égarées en quête de secours. Certaines portent déjà la vie en elles, leur ventre rond témoignant des horreurs subies. D'autres sont emplies de désespoir, leurs regards marqués par la violence, la peur. Pourtant, à chaque porte où elles frappent, elles sont accueillies avec méfiance, parfois même avec hostilité. Leurs histoires sont trop insupportables pour être vraies, trop monstrueuses pour qu'on leur accorde de la compassion. Aucun village ne veut d'elles, aucun cœur ne s'ouvre à leur détresse. Et ainsi, elles poursuivent leur périple, portant sur leurs épaules le poids de leurs souffrances, à la recherche d'un vain refuge dans un monde qui donne l'impression de les avoir abandonnées[1].

1. « En République démocratique du Congo (RDC), les quelques filles qui parviennent à s'échapper des griffes des mouvements armés sont rejetées par leurs communautés. Ce qui oblige certaines, traumatisées, à regagner leur ancienne vie de maquis. Pour mettre fin à ce cercle vicieux, l'organisation Child Soldiers International vient

Rejetées par la société, elles deviennent des parias. Personne ne veut d'une combattante rebelle, marquée par la violence. Personne ne veut d'une fille enceinte, et de la charge supplémentaire que représente un enfant non désiré. Personne ne veut d'une dépense, d'une bouche de plus à nourrir dans des communautés déjà démunies. Rejetées, stigmatisées, elles errent sans but, à la merci des dangers de la forêt.

Le souvenir des ravages infligés par les rebelles est encore frais dans les mémoires. Personne ne veut risquer de subir leur vengeance en hébergeant ces jeunes filles, perçues comme des cibles potentielles. Chaque fois que le gouvernement prétend éradiquer un groupe rebelle, ces derniers reviennent plus sauvages encore, semant la terreur sur leur passage. Même ceux qui seraient disposés à aider n'osent pas par peur des conséquences.

Pendant des semaines, Bahari-Bora et ses collègues errent dans les ténèbres, abandonnées de tous, ne comptant que sur la générosité de la nature pour survivre. Puis, au moment le plus sombre de leur périple, un homme surgit tel un ange dans la tempête, tend sa main secourable vers Bahari-Bora. La pluie battante purifie leurs peurs. Sous l'averse, il leur offre un refuge dans son hôpital qui, malgré ses murs ternis, rayonne de chaleur humaine.

---

d'élaborer un guide pratique qui plaide pour l'acceptation communautaire de ces filles associées aux groupes armés. », JusticeInfo.net, 22 novembre 2017, entretien avec Sandra Olsson, chargée des programmes au sein de cette ONG britannique.

II

Les enfants du devoir

16

Affamée, assoiffée et démunie, Bahari-Bora s'était effondrée dans l'herbe le long de l'interminable route qui serpentait à travers la végétation. Elle découvrait un paysage immaculé, préservé de la cruauté humaine et de son penchant destructeur, trop souvent confondu avec la créativité et le progrès. Ce n'est qu'après que la pluie eut cessé qu'elle ressentit le froid s'infiltrer en elle. Elle se recroquevillait tel le petit être fragile qu'elle portait en son sein. Les genoux repliés contre sa poitrine, elle tentait de protéger ses orteils des taches de boue qui marbraient son pantalon. Sa mâchoire tremblait de froid et ses paupières couvraient peu à peu sa vision. Le souffle de Bahari-Bora se transformait en sifflement ténu à chaque inspiration, interrompu par des quintes de toux qui la ramenaient brutalement à la réalité.

La jeune fille s'engageait déjà dans une aventure dont les contours semblaient se fondre avec les brumes de l'imaginaire, quand la silhouette massive d'un camion trancha le brouillard. Son gabarit indiquait une charge imposante. La boue, désormais maîtresse des lieux après le départ des pluies, engloutissait ses roues avec voracité, entravait sa progression avec une obstination implacable. Le camion penchait tour à tour d'un côté puis de l'autre, ses mouvements erratiques dictés par un conducteur qui maniait le volant avec une habileté précaire.

Bahari-Bora était ceinte par les sifflements du moteur qui grondait dans les hauteurs. Son écho résonnait plus fort que les plaintes de son estomac vide, et amplifiait le sentiment d'entrer dans un monde onirique. Cependant, lorsque ses paupières se soulevèrent pour revenir au monde des vivants, elle fut ramenée à l'existence par la vision du camion qui la dépassait. Elle se redressa subitement sur ses deux jambes, et agita les mains. Le camion fit taire le vacarme de la route. Plana un silence.

Alors que le chauffeur, pâle et décharné, mobilisait ses maigres muscles pour manipuler le levier de vitesses capricieux, Bahari-Bora observa avec curiosité le tuyau d'échappement vaciller. Dans un grognement mécanique, le camion entama une marche arrière. Ses roues crissèrent sur le sol accidenté. La fumée noire qui surgissait de l'échappement enserrait la jeune fille dans un nuage opaque, chatouillait ses narines et provoquait des éternuements répétés.

Les amortisseurs, usés jusqu'à la corde, tenaient sur un fil. Aucune des roues n'était correctement montée, et la couleur initiale du véhicule, entre un noir satiné et un bleu foncé, était indiscernable sous les couches de fange séchée et de poussière, stigmates de son parcours tumultueux. La bâche qui recouvrait les marchandises était trempée et marquée par les traces de projectiles de terre.

Bahari-Bora repéra des sacs débordant de manioc. Une dizaine de personnes étaient entassées sur le chargement, hommes et femmes confondus. À l'intérieur de la cabine, prévue à l'origine pour une seule personne, deux femmes aux formes généreuses se partageaient le siège passager, chacune s'efforçant de trouver une position confortable pour s'adapter à l'espace restreint. Le chauffeur, habitué à chiquer du tabac, avait les lèvres teintées d'un rouge écarlate. Vêtu d'un short de sport bleu et d'un débardeur dont la couleur originelle était énigmatique, il affichait fièrement sa maigreur. Conduisant pieds nus, il arrêta le camion à la hauteur de la jeune fille, attirant aussitôt l'attention sur elle. Une femme, restée silencieuse jusqu'alors dans un coin, prit l'initiative de parler :

— *Jambo kwako*, bonjour à toi. Que fais-tu tout seul aussi loin de la ville, mon garçon ?

Bahari-Bora jugea d'abord sa propre poitrine, puis son entrejambe, avant de relever lentement la tête vers son interlocutrice.

— *Jambo saana*, bonjour. Je me suis perdue. Je viens de la ville. La pluie s'est déchaînée sur moi, répondit-elle d'une voix empreinte de lassitude et de détresse.

— *Sawa*, d'accord, mais que faisais-tu aussi loin ? C'est ce que nous voulons savoir, mon garçon, réitéra-t-elle, son regard plein d'appréhension fixé sur Bahari-Bora.

Bahari-Bora était consciente que l'hospitalité naturelle de ses compatriotes pouvait être une aubaine pour quiconque avait des intentions nuisibles. Elle comprenait leur réserve et ne voulait pas leur donner de raisons de se méfier d'elle. Elle décida de jouer le jeu.

— Je suivais une fille pour faire mes preuves, *mu sikiliye tuh kwa mbali*, invraisemblable, je sais. Elle m'a dit que je devais trouver un travail. Je voulais apprendre à récolter du cacao pour gagner son cœur.

Alors que Bahari-Bora attendait leur réaction, les marchands éclatèrent de rire. Ils commencèrent à se moquer de la jeune fille, qu'ils prenaient tous pour un garçon. Entreprendre une telle aventure pour gagner le cœur d'une fille, en voilà un stupide acte de bravoure !

Les commentaires fusèrent :

— Elle te méprise, *dharau*.

— *Ana cheza na wewe, mtoto*, elle te manipule, mon garçon !

— Tu veux te faire tuer pour une fille ?

— *Umuambiye*, dis-lui, baba John. Dis-lui que la fille va vivre sa vie après lui. Celui qui provoque une sorcière n'ajoute que douleur à son malheur !

Puis une voix plus douce s'éleva, celle de la femme vêtue d'un pagne orange :

— *Kuya*, viens, on va t'aider à monter, s'écria-t-elle, lui offrant son assistance.

Un homme lui tendit son bras depuis le haut de la charge. Bahari-Bora eut toutefois du mal à trouver un appui stable pour grimper. Le chauffeur exprimait son impatience en klaxonnant frénétiquement. Elle prit enfin son élan en posant son pied sur le tuyau d'échappement et escalada avec détermination les sacs de maniocs.

— *Basi, mtoto wangu*, tu as appris la leçon, la prochaine fois que tu succomberas au charme de quelqu'un, souviens-toi que la séduction est un attribut du diable, lui dit la femme avant de lui fournir de quoi se couvrir. Je m'appelle maman Kazembe.

Le chauffeur, d'un geste brusque, secoua le levier de vitesse tout en enfonçant son pied sur la pédale de gauche. Sous la pression, le pot d'échappement libéra encore deux ou trois flatulences retentissantes, témoins de la lourdeur du voyage. Une fois la vitesse engagée, le camion se lança sur la route bosselée, chancelant sur les aspérités du chemin et cahotant de bon gré.

Bahari-Bora, perchée au sommet de la cargaison, contemplait le paysage en mouvement. Autour d'elle, les marchands et les passagers s'accrochaient comme des naufragés sur un radeau, leurs visages marqués par la fatigue. Le bruit du moteur ronronnant, les cliquetis métalliques des pièces défaillantes, ainsi que les éclats de rire et les échanges animés entre les passagers formaient un concert chaotique. Au loin, les arbres défilaient comme des spectres dans la brume, tandis que le ciel, nuageux, semblait prêt à libérer sa colère.

Bahari-Bora poursuivait son voyage, incertaine de ce que l'avenir lui réservait.

17

Une complicité, forgée par le temps ou par les épreuves partagées, planait entre les marchands. Maman Kazembe, restant en retrait mais attentive, balayait du regard l'ensemble de la scène. Bahari-Bora identifia trois autres femmes tassées sur la bâche humide. Elles étaient plongées dans un profond sommeil, enveloppées de la tête aux pieds dans leurs pagnes. La jeune fille ne put s'empêcher de convoiter leur insouciance, hypnotisée par leur immobilité malgré les cahots incessants du camion.

Une mosaïque d'odeurs envahissait les alentours. Le doux parfum terreux du manioc s'intégrait aux arômes des fruits mûrs – les bananes, les mangues et les oranges –, et se mélangeait aux notes torréfiées de café. Chacune de ces fragrances, transportées par le véhicule, évoquait les terres fertiles et les traditions ancestrales de la région, imprégnant le voyage de Bahari-Bora d'une touche exotique et familière à la fois.

Un jeune garçon en débardeur noir se tenait à l'écart du groupe. Bien qu'il fût robuste, son visage portait les cicatrices d'une existence agitée et éprouvante. Des rides profondes creusaient son front, lui conférant une apparence peu attrayante, voire repoussante. Un tiers méticuleux aurait pu discerner deux ou trois cavités noircies sur ses gencives, révélées lorsqu'il écartait les mâchoires pour broyer sa canne à sucre, avant de jeter les déchets sur la voie publique, transformée en une poubelle à ciel ouvert.

Il observait les commerçants s'engager dans des palabres aussi variées que baroques, espérant que ces moments de distraction raccourcissent par quelque miracle le trajet. Ils débattaient de sujets divers, ce qui reflétait l'ordre des choses dans leur univers. Ces actes se déroulaient avec une rapidité déconcertante, chacun endossait le rôle d'économiste, de chimiste, d'agriculteur, de militaire, de politicien, de médecin, de trafiquant d'organes, de bras droit, de romancier, de juge, de jury, de Dieu…

Pourtant, un homme parmi eux évoquait une conversation avec des êtres que lui seul pouvait distinguer.

Bahari-Bora le scrutait avec attention, et remarquant son regard, maman Kazembe se rapprocha de la jeune fille, tout en dévorant une banane – Bahari-Bora perdait le compte du nombre de bananes qu'elle avait avalées depuis le début du voyage, mais elle salivait déjà à l'idée d'en déguster une. Avant d'entamer une discussion, maman Kazembe lui tendit une main chargée de cinq bananes, une offre généreuse. Bahari-Bora esquissa une grimace joyeuse en signe de gratitude, même si elle était frappée par l'apparence de cette femme, qui paraissait bien plus âgée que sa voix ne le laissait supposer. Des taches brunes, semblables à des brûlures, marquaient ses pommettes : les témoins d'un produit éclaircissant qui avait réagi sous le feu d'un soleil ardent.

— *Aksanti saana*, merci beaucoup, je mourais de faim, exprima Bahari-Bora.

Alors les enfants, qui est-ce qui va conjuguer le verbe tressauter *au subjonctif imparfait ?*

L'homme aux monologues se complaisait dans son propre monde. Maman Kazembe le désigna d'un mouvement dédaigneux de lèvres – une spécialité bien connue des femmes africaines – avant de secouer la tête. Puis elle se tourna vers Bahari-Bora.

— Tu m'excuseras de t'avoir fait passer pour un garçon, susurra maman Kazembe en épluchant une énième banane.

Bahari-Bora sentit son cœur battre la chamade. Les pulsations résonnaient dans ses mains, à ses tempes, dans sa gorge. Avant même qu'elle ne puisse répondre, maman Kazembe reprit :

— *Tena*, qui plus est, un garçon qui aurait bravé vents et marées pour suivre une fille aussi loin n'aurait eu aucun mal à grimper sur les sacs de manioc, conclut-elle au moment où l'homme aux monologues s'en donnait à cœur joie.

Ah ! Kambale, tu es certain d'avoir pris ton petit déjeuner avant de venir en classe ? Comment as-tu conjugué ? Quoi ? Nous tressautassararions ? Je convoque tes parents !

— Ne te sens pas obligée de me raconter ta vie, poursuivit-elle en posant les yeux sur ses camarades marchands. Tu sais, dans ce pays, tout le monde a ses problèmes. Ils nous unissent, en fait. Et, pour nous remonter mutuellement les bretelles, d'une certaine manière, eh bien, on les compare.

— Je sais que vous avez laissé entendre que j'étais un garçon pour faire comme le faisait la garante de ma vie sur terre. Merci du fond du cœur.

Maman Kazembe rota, comme si les bananes s'étouffaient maintenant à l'intérieur de son ventre.

— Tu as tout compris ! Bien que nous ayons tous nos problèmes, il vaut mieux les avoir en étant un homme.

La jeune fille prit dix secondes pour réfléchir, puis balança le reste d'une banane qu'elle venait de déshabiller par-dessus son épaule, se moquant de l'endroit où il atterrirait.

— Êtes-vous sûre de cela ?

Tu passeras mon bonjour à ton père, Tshangu. Et demain, n'ose pas te pointer sans avoir fait tes devoirs. C'est compris ?

Maman Kazembe confirma d'un signe de tête.

— Pourquoi ? insista Bahari-Bora.

— C'est assez simple. C'est parce que les hommes survivent toujours. Malgré leur lot de problèmes, ils survivent toujours.

Mes yeux sont noirs, ma peau porte une couleur que l'on assimile à du bois : certains disent de moi que je suis un imbécile, un vaurien, quand mon regard croise le leur. Mes cheveux sont…

Bahari-Bora pointa discrètement un doigt vers le poète visiblement déchu, puis revint à maman Kazembe.

— Mais… ne croyez-vous pas qu'il vaut mieux être mort que vivre comme ce papa ?

… frisés et mes lèvres parme : d'autres voient en moi un impur quand j'ouvre la bouche. Seulement, je n'ai absolument aucun regret quant à cette mélanine, ce pigment noir qui orne mon épiderme béni par le bon Créateur et, à travers ce linceul du jour éblouissant qui se lève sur le…

— Ah ! Tu parles de baba John ?

Maman Kazembe attendit que la jeune fille confirme, comme si elle avait une révélation à lui faire.

Bahari-Bora secoua rapidement la tête.

... monde endormi, dénudant peu à peu le claveau lourd de l'inconscience, dans la rosée de ma prose qui chancelle au gré des vents – pareil à ce camion qui nous transporte comme du bétail, des bouts d'humains : j'invoque les stupres...

Maman Kazembe se tourna vers elle.

— Ce que tu vois là, ce n'est pas un homme.

... de mon aventure pataphysique ; je convoque le berceau de mon existence, de ma mémoire. Je hume les effluves de mon succès, à force d'être peccamineux après litanie de sacrifices, de remises en question – comme un bout d'homme pareil aux autres –, et je me tais, seul, dans la sollicitude d'une chambre noire, sombre...

La jeune fille haussa les sourcils, intriguée.

— Baba John n'est pas un homme, c'est un mort-vivant. Un mort-vivant...

... et mon cœur froid feint de cesser de battre : soudain un mirage effleure ma vue alors qu'une étoile s'écroule de ce ciel endiablé et, s'écrasant sur ma tête, elle murmure à mon âme perdue, indécise : « Jean Kamwanga, tu aurais dû mourir avec tes élèves... »

— Nous le sommes tous sur ce camion : toi, moi, Jeanine, Sylvie, Anne, papa Sango, baba John – un peu plus que nous, certes. Tous. Toutes. Des morts-vivants. Il ne se trouve aucun être vivant dans ce pays : regarde comment nous vivons, regarde dans quelles conditions nous nous humilions pour espérer nourrir nos enfants, eux aussi des morts-vivants, s'exprima-t-elle, les yeux humides.

La mort, elle, étendait sa puanteur horrible partout. Les mots de la morte-vivante s'insinuèrent dans la tête de Bahari-Bora comme un microbe. Alors que le camion s'enfonçait dans la verdure, la route ne faisait que rétrécir, et les branches des alentours fouettaient sans ménagement quiconque se montrait distrait. Papa Sango venait de perdre son chapeau après avoir reçu un violent coup sur la tête, et, dans la même seconde, son front de mort-vivant portait un hématome qui ajoutait à son statut de monstre : licorne à la peau ébène. L'homme avec lequel il discutait politique essayait maintenant de lui masser le front. La scène fit saigner les deux cœurs de Bahari-Bora. Pourtant, ses yeux avaient vu pire, son cœur avait connu pire tourment, et l'air avait été bien plus hostile. L'affection que se témoignaient ces deux morts-vivants fit germer en elle une amère nostalgie. Qui avait essayé de panser ses propres plaies à elle ? Qui s'était donc porté volontaire pour souffler sur ses yeux alors qu'elle se plaignait d'un grain de sable ? Qui était celui qui lui avait tenu la main lorsqu'elle avait eu peur de traverser la route toute seule ? Comment aurait-elle pu avoir des réponses à ses questions, étant elle-même morte ?

Benjamin, arrête de mâcher ton crayon, tu vas t'empoisonner.

Le camion pataugeait depuis un certain moment, et le chauffeur finit par s'enliser dans la boue. Les roues motrices tournaient sur elles-mêmes. Il braquait la direction dans un sens puis l'autre, mobilisant toutes ses maigres forces, ce qui ne faisait que balancer la charge, sans parvenir à dégager le véhicule de son bourbier.

Bahari-Bora, épiant baba John, demanda d'une voix empreinte d'inquiétude :

— Qu'est-ce qui lui est arrivé ?

Maman Kazembe jeta un coup d'œil par-dessus son épaule, observant les roues s'enliser de plus belle. Les hommes sautèrent dans la bourbe pour pousser le véhicule à la force de leurs bras et de leurs jambes. C'était perdu d'avance, car leurs pieds s'enfonçaient dans la terre crasse, de même que les roues. Le jeune garçon silencieux enleva son haut : une variole avait flagellé son corps, révélant la brutalité de son existence.

— Comme tu l'as sans doute deviné, baba John était enseignant à l'école primaire Saint-François. Aucun apprenant ne s'était jamais plaint de ses méthodes. Ni aucun parent, d'ailleurs. À la mort de sa femme et de ses six enfants – ils ont été assassinés dans leur plantation –, il ne vivait plus que pour ses élèves. Il les considérait comme ses propres enfants. Malheureusement, un matin qu'il avait emprunté ce même chemin que nous avons pris, pour honorer la mémoire de ses défunts durant leur quarantième jour, il apprit le lendemain, avec effroi, qu'un groupe rebelle – on ne sait plus lequel tellement ils sont légion – s'était invité sur les bancs de l'école, décapitant tous les petits. C'était un message adressé au gouvernement. Les câbles dans la tête de baba John ont pété sur le coup. On raconte qu'il a tenté de se suicider plus d'une fois. Hélas, à chaque tentative, soit la corde a cédé, soit le poison ne lui a causé que de simples maux de ventre. C'est donc un mort-vivant. Il est mort car il n'y a plus rien qui l'attache à cette terre gouge, et vivant puisqu'il communique avec ceux qu'il n'a jamais perdus, étant donné qu'ils louent le compartiment de sa mémoire le plus cher, pour ne pas dire le plus secret.

… chérie ? Mon amour ? Hé oh, la mère de Junior : j'ai apporté des patates douces de notre champ, et les vaches nous ont fourni du bon lait. Ce soir, j'aurai assez de force pour te conduire dans les hauteurs du ciel…

Le chauffeur, dans tous ses états, poussa brutalement la portière de son côté et la referma dans la même allure ; il s'enfonça aussitôt dans la terre. Cela ne l'énerva que davantage. Il tapota sur le réservoir en intimant aux occupants de descendre, quitte à se casser les dents. Voire une jambe. Les deux complices s'exécutèrent sans plus attendre, mais il fallait encore alléger le camion : le jeune garçon, qui était le convoyeur, siffla à l'intention de quelques-uns pour l'aider à décharger les sacs. Au fur et à mesure qu'ils soulevaient les charges, les amortisseurs se décontractaient.

… je touche le ciel, chérie : amène-moi où tu veux…

Baba John n'avait que faire de leurs histoires.

Le chauffeur remonta et remit le contact. Le camion ne cessait de se dandiner. Il avait une main sur le volant et, de l'autre, retenait la portière ouverte, de sorte que les hommes puissent entendre ses consignes. Le jeune convoyeur se fraya un passage dans la boue afin de s'immiscer sous le camion. Il y installa un cric pendant que les autres cherchaient ici et là n'importe quel objet à placer contre les roues. Le chauffeur perdait patience, d'autant plus qu'à cinq ou six mètres devant, la route paraissait praticable. Après un dur labeur, l'opération fut un succès : ils poussèrent des cris de joie à faire fuir les oiseaux. Il fallait à présent recharger les marchandises : court moment de liesse. Bahari-Bora, son instinct décuplé par la vie qu'elle portait, crut apercevoir un corps se balader dans la brousse.

… ô toi la Nana, Émile Zola a parlé de toi : tu me fais toucher le soleil qui brûle dans toi…

C'est un euphémisme, mais les dialogues imaginaires de baba John revigoraient les chargeurs. Ils en riaient et chacun émettait sa propre théorie sur le genre de moment qu'il s'imaginait, oubliant sa propre charge.

Et des ronronnements – autres que ceux du camion – se firent de plus en plus pressants. Présents. Une panique soudaine envahit jusqu'à baba John. Le véhicule se dirigeait vers eux en marche arrière. Le convoyeur saisit ses compagnons du regard, comme pour leur dire : « J'savais que c'était un piège. » Une camionnette grise approchait. À son bord, des jeunes garçons agitaient des machettes et hurlaient : « Que personne ne bouge ! » Cette phrase à elle seule suffit à faire faire le contraire à la licorne ébène, papa Sango : il bifurqua dans la brousse et, une dizaine de mètres plus loin, il se mit à ramper. Personne ne le suivit. Il oublia celui qui s'occupait de sa blessure. De tous, c'était peut-être le seul encore vivant, car les autres restaient figés sur leurs appuis dans la terre meuble.

La camionnette s'arrêta. Il en descendit quelqu'un qui avait tout l'air d'un adolescent. Une imposante machette à la main. Sa tête arborait une crête, et une balafre marquait sa joue gauche. Il pointa son arme rouillée vers les occupants du camion. Maman Kazembe s'effaça derrière le dos de Bahari-Bora.

— Je vous présente la situation : rassemblez tout l'argent que vous avez, et donnez-le-moi. Ensuite, chargez la marchandise sur ma camionnette. Et vous aurez la vie sauve. Magnez-vous !

Une femme prit soin de collecter l'argent, évitant Bahari-Bora. Après avoir dépouillé tout le monde, la femme se dirigea vers le jeune garçon. Pendant ce temps, le chauffeur fouillait fébrilement sous son siège, son regard furieux rivé sur les insurgés, les sourcils froncés et les dents serrées.

... vous ne vous rendez pas compte que c'est ce jeune garçon qui vous a piégés...

L'histoire ne saura jamais s'il parlait de Bahari-Bora, du chef des insurgés, ou s'il était en proie à ses propres démons intérieurs. Une révolte planait dans l'air. Toute l'attention se braqua sur Bahari-Bora alors qu'elle se détachait lentement du groupe, reculant pas à pas, les bras tendus vers l'avant.

Dans la confusion, une voix s'éleva :

— Le morveux est de mèche avec les rebelles !

Tandis que, dans sa fuite, papa Sango venait d'être mordu par une vipère et appelait au secours.

Comme ils avaient remarqué qu'aucun garçon ne brandissait d'arme à feu, les marchands résistèrent à l'idée de charger les fruits de leur sueur sur la camionnette. Bientôt, l'hostilité s'installa. Certains se tournèrent vers Bahari-Bora avec méfiance, pendant que d'autres se préparaient à assaillir le petit groupe. Lorsque le chauffeur du camion apparut avec un fusil de chasse de l'époque coloniale, si lourd qu'il peinait à le maintenir en joue, et les rebelles et les marchands, tous se dispersèrent dans une confusion déconcertante.

Le chauffeur manqua à peu de chose près la jambe du jeune insurgé et se mit à recharger dans la foulée, le canon de son fusil imbibé de boue. Profitant de cette accalmie, les insurgés, en transe, remontèrent dans leur véhicule, tapotant frénétiquement sur l'habitacle pour presser leur conducteur.

Voyant que la prochaine balle était pour elle, Bahari-Bora, apeurée, se précipita vers la camionnette déjà en mouvement. Ce geste ne fit qu'attiser l'animosité des marchands, qui encouragèrent leur protecteur aux maigres bras à abattre la jeune fille. Cependant, le chauffeur se tira une balle dans le pied alors qu'il s'entêtait à appuyer sur la gâchette malgré le tremblement de ses bras.

Bahari-Bora sauta à l'arrière du véhicule, étourdie. Les jeunes insurgés se reconnurent dans son regard, dans ses déboires. Ils ne lui firent aucun mal, la misère étant un langage universel.

Junior, mon fils ! J'ai besoin d'un seau d'eau dans la douche…

18

L'interminable route se déroulait devant eux, sinueuse, silencieuse. Alors que les jeunes, autrefois insurgés, atteignirent enfin la grande ville de Beni, le soleil avait déjà disparu. La ville semblait figée, plongée dans une inertie mortelle. Malgré cette ambiance pesante, Bahari-Bora oscillait entre l'excitation de retrouver la civilisation et l'angoisse face à l'inconnu. La jeune fille, perdue dans ses pensées, se questionnait sur le sort qui l'attendait. Sa conscience l'incitait à faire demi-tour, à retourner vers l'hôpital pour apaiser les craintes de Sophia. Le vent continuait de les pousser inexorablement vers l'ouest, vers un avenir incertain.

Les maisons de Beni étaient modestes et de plain-pied pour la plupart. Seules quelques rares constructions s'élevaient sur plus de deux étages. Les architectes, conscients des dangers qui planaient sur la ville, avaient martelé que bâtir des gratte-ciel serait une folie, une imprudence, alors que les balles pouvaient pleuvoir à tout moment sous le ciel tourmenté de cette grande métropole, qui continuait de pleurer ses habitants, ses richesses, ses enfants.

La camionnette avançait laborieusement, parfois dans la boue. Bahari-Bora, le cœur serré par la peur, observait les visages silencieux qui se découpaient dans l'ombre de la cabine. Les garçons étaient immobiles, et dans leurs yeux se lisait une mélancolie profonde. Ils inspectaient les contours déformés de la ville qui défilait. Blottis les uns contre les autres, les enfants du devoir plongeaient dans les souvenirs d'un être autrefois aimé et chéri, enfouis au plus profond de cette terre rougeâtre et meuble. Mais lorsque le véhicule heurtait un obstacle, les corps se bousculaient avec une certaine rudesse, et Bahari-Bora remarquait que chacun posait instinctivement la main sur l'autre. Dans cette intimité forcée, aucun sourire ne naissait. Comme si une tacite entente leur murmurait de ne jamais laisser transparaître leurs émotions, leurs raisons, encore moins leurs tourments.

Ils avaient agi avec prudence. Aucune circonstance ne justifiait l'utilisation des machettes, c'est pourquoi tout le monde avait veillé à dissimuler soigneusement son arme sous ses jambes.

Après plus d'une demi-heure à suivre la grande route, la camionnette s'engagea dans un premier virage. Plusieurs autres suivirent. À mesure que le véhicule tournait, les ruelles devenaient de plus en plus sombres. Les câbles électriques se perdaient en un enchevêtrement. Des fillettes erraient seules, vêtues de guenilles, pendant qu'un groupe de jeunes et de vieux hommes jouaient aux cartes pour de l'argent. Un autre groupe s'affrontait au jeu de dames sur une table bancale, éclairée par une lampe tempête, laissant paraître leurs visages marqués par les remords et la fatigue.

En revanche, personne dans le quartier ne s'étonnait de voir des jeunes entassés sur une camionnette dans l'obscurité de la nuit. La règle était simple : ne jamais s'en prendre aux voisins, car le jour où vous le feriez, vous seriez brûlé vif. La loi du talion et celle de l'omerta régnaient en parfaite harmonie. Et comme toute harmonie, il suffisait d'un rien pour que tout bascule.

La camionnette s'immobilisa devant un enclos qui, à première vue, ressemblait à une usine abandonnée. Tous descendirent du véhicule, marchant avec précaution pour éviter les flaques d'eau qui jonchaient le chemin, tenant fermement leurs machettes. Bahari-Bora les imita, mais comme toute contrefaçon, elle fut très vite découverte. Les garçons la dévisagèrent, l'air de se demander si elle était toujours là – et elle l'était bel et bien. Quand celui qui avait évité de justesse une balle dans la jambe sortit en dernier, prenant le rôle du leader, tous les regards convergèrent vers lui. Il dévisagea Bahari-Bora avec dédain – elle était couverte de saleté.

— Hé mec, t'as un endroit où passer la nuit ? demanda-t-il, tandis que les autres se pressaient autour de lui pour savoir combien ils avaient récolté.

La place du jeune garçon dans le groupe s'avérait solidement établie, acquise dans le feu, le sang et la sueur. Bahari-Bora, bien qu'elle ne perçût aucune malice dans la question du chef, se sentit envahie par la peur. Elle secoua la tête, les yeux fixés au sol. Le garçon haussa les épaules, ce qu'elle interpréta comme une invitation tacite.

Pour ouvrir le portail, deux costauds se chargèrent de le soulever, veillant à ne pas laisser une parcelle de leur chair s'y accrocher, car le métal rouillé était tranchant. À chaque centimètre franchi, le portail émettait un grincement strident, poussant leur chef à convenir qu'il faudrait le graisser prochainement. Bahari-Bora suivit leurs pas. Le garçon ajouta que, avant de bénéficier de leur hospitalité, elle devait fournir quelques explications. Elle se tut.

C'était une usine abandonnée, marquée par un conflit antérieur qui avait entaillé les murs de cicatrices. La jeune fille ne trouva aucune chambre. Des nattes en raphia en guise de matelas jonchaient le sol, et des vêtements s'entassaient contre un mur. L'humidité imprégnait l'air, signe que la pluie s'insinuait à travers les fissures. Faute d'électricité, les imposantes machines qui encombraient l'espace restaient inertes. Les garçons se disputaient une lampe à pétrole, source d'une lumière aussi rare que précieuse, engendrant des querelles incessantes.

Par la fenêtre, l'unique de la pièce, Bahari-Bora remarqua un feu de bois vaciller, tentant vainement de s'élever. Deux enfants, ventres creux, s'affairaient autour du foyer, soufflaient avec force sur les flammes follettes dans l'espoir de les raviver. Leurs petits corps se penchaient en avant avec détermination, leurs joues noircies par l'effort. Leur labeur emplissait la cour d'un léger murmure. Le bois, au lieu de s'embraser, dégageait une épaisse fumée qui envahissait la pièce, étouffant les occupants. La jeune fille enfouit son nez dans son pull pour se protéger, mais son instinct la poussa à venir en aide aux enfants. L'absence de menace imminente permettait aux jeunes garçons de partager leur maigre butin en toute tranquillité. Chacun tendait les mains pour recevoir sa part, le sourire aux lèvres malgré leur situation précaire.

19

Dans la cuisine improvisée, un tas de bois baptisé par la pluie attendait son destin. Les enfants, livrés à eux-mêmes, jetaient au feu tout ce qui leur tombait sous la main. Leurs gestes étaient synchronisés, danse muette où chacun savait ce qu'il avait à faire.

Le premier enfant plongeait les poissons dans une casserole d'eau citronnée, le second mélangeait les farines de maïs et de manioc pour préparer le *fufu*[1]. Bahari-Bora esquissa un tendre sourire en pensant au secret de maman Mathilde qui faisait de même. Le vent, toujours capricieux, interrompit leur entreprise, éteignant le feu et soulevant la toiture de la guérite désertée.

Les deux enfants insistaient sur le fait que chaque résident de l'auberge de fortune devait apprendre à se débrouiller par lui-même. « Il faut être préparé afin de survivre dans les rues de la cité », répétaient-ils. Pourtant, au fil de la soirée, Bahari-Bora comprenait que cette attitude était en réalité

1. Pâte à base de manioc, d'igname ou de banane plantain, cuite et pilée, accompagnant les soupes et les sauces en Afrique de l'Ouest et en Afrique centrale.

une forme de punition déguisée, destinée à les garder, enfants parmi les enfants, sur le droit chemin et à les préserver de la cruauté du monde extérieur.

Bahari-Bora s'installa sur un bidon jaune qui aurait pu contenir une vingtaine de litres d'eau. Distraite, elle jouait avec les plis de son pull, les faisant tournoyer entre ses doigts, attendant que le feu s'embrase pour la réchauffer. Sans chercher à occuper le temps, elle lança aux enfants :

— Comment tu t'appelles ?

Les deux petits se pressèrent de se présenter en premier, chacun affirmant que son surnom était le plus spectaculaire. La querelle fut brève. Bahari-Bora se résolut à jouer les arbitres, consciente d'avoir provoqué cette situation en posant la question.

Elle donna la parole à l'enfant à sa droite. Pendant qu'il parlait, son ami ajouta deux ou trois morceaux de bois au feu qui venait de prendre forme.

— Petit cavalier.

Sa voix, grave et cassée, aurait pu choquer Bahari-Bora sous d'autres cieux, compte tenu de l'âge de l'enfant. Mais ici, dans ce contexte, il fallait une mise en scène pour impressionner un regard, étonner une oreille, briser un cœur.

— Tu as quel âge ? poursuivit-elle en chassant un nuage de fumée qui progressait vers son visage.

Bahari-Bora observa, amusée, le petit cavalier de la nation jauger sa propre silhouette. Quel âge avait-il ? Après mille et une réflexions dans son mini intérieur, il se mit à compter sur ses doigts. Il en déduisit un chiffre. L'enfant brandit aux yeux de Bahari-Bora sept doigts et demi. La jeune fille, intriguée, poursuivit la conversation :

— Qui t'a appris à compter ? Attends, d'abord, tu peux aller jusqu'à combien ?

Le petit cavalier-comptable hésita un moment. L'autre enfant ne masquait guère la jalousie qui le rongeait.

— Monsieur le maître m'a montré comment faire, à l'école. C'était il y a trèèèès longtemps, répondit-il en appuyant sur le *très*.

Bahari-Bora ébouriffa ses cheveux crépus.

— Maintenant, ma famille, c'est partout où il y a les gens comme moi. C'est comme ça que dit *ya* Rema. Il dit aussi que les gens comme nous sont partout, même en Amérique. Donc notre famille c'est partout dans le monde entier.

— C'est une belle manière de voir les choses, dit-elle avec un sourire bienveillant. Ta famille est partout, où que tu ailles.

Bahari-Bora observait le petit cavalier, captivée par ses paroles et sa gestuelle. Il avait l'aplomb d'un orateur chevronné, utilisait ses mains pour renforcer son discours. Cela lui rappelait Mawingo, bien que dans ses souvenirs il ne s'était jamais exprimé avec autant de hardiesse.

Elle se tourna vers l'autre garçon, jusque-là penché sur le feu, occupé à souffler dessus pour l'attiser.

— Petit forgeron, annonça-t-il avec une assurance timide.

Lorsqu'il croisa le regard de Bahari-Bora, elle eut l'étrange sensation de toucher, ne serait-ce qu'un instant, les fragments d'une vie brisée.

Le petit forgeron avait un regard sanglant. On aurait dit que des vaisseaux sanguins éclataient dans la profondeur de ses yeux, à peine clignait-il des paupières. Il devait être un chouïa plus âgé que son copain. L'enfant avait cette expression de celui que plus rien n'ébranle, l'œil de ceux qui ont déjà reçu leur lot de mauvaises surprises. Résigné et anéanti, il se contentait de vivre avec ses plaies, les imbibant de salive, faute de mieux. Dans ce monde où les destins sont brisés mais liés, il n'avait trouvé aucun pansement à poser sur son cœur. Et alors, dans le silence de la nuit, il ânonnait les vers d'une élégie émouvante :

Veux-tu prendre ta revanche sur la vie ? Cela n'engage que toi, ta conscience et ton Dieu. Veux-tu te plaindre ? Cela n'engage que toi, ta conscience et ton Dieu. Veux-tu perdre la vie ? Cela n'engage que toi, ta conscience et ton Dieu. Veux-tu faire avec ? Cela n'engage que toi, ta conscience et ton Dieu.

Bahari-Bora remarqua bientôt que la main du petit forgeron comptait seulement trois doigts. Lorsque le vent dissipa un nuage qui obscurcissait la lune, elle put distinguer deux autres doigts partiellement présents. La main du garçon semblait avoir été épargnée par un feu dévastateur. Face aux questions muettes de Bahari-Bora, l'enfant, tel un angelot, mit fin à ses supplications.

— Mes doigts ? Un jour… j'tournais dans le grand marché. Avec l'intérieur du ventre vide. Alors une p'tite douce m'a appelé sur l'étable d'une vieille maman. J'ai répondu à son appel mais la vieille maman a dit que les patates douces parlent pas. Elle a crié : « Au voleur », très fort. Je ne sais pas comment les passants m'ont attrapé et ligoté. Je ne sais pas comment le pétrole s'est retrouvé versé sur ma main. Je ne sais pas comment ils ont fait brûler une bouteille en plastique au-dessus pour faire en sorte que les restes bouillonnants retombent sur ma main au pétrole, dit l'enfant avant de reprendre haleine, cherchant une certaine approbation dans le regard de son frère, le petit cavalier-complémentaire. Mais je travaille à bien aiguiser les machettes même comme ça, hein.

Bahari-Bora ressentit une vague de chagrin envahir son être. Son cœur se serra. Les mots prononcés par le petit forgeron déposaient une lourde charge sur ses épaules déjà fatiguées. Les images des souffrances de l'enfant s'imprégnaient dans son esprit, dessinant des cicatrices invisibles.

Le petit cavalier, détournant son attention du récit de son frère, fut attiré par le spectacle instable de la casserole sur le feu qui crépitait. Ses gestes, normalement assurés, se firent hésitants alors qu'il tentait de stabiliser la brûlante marmite. Comme s'il craignait, à son tour, de perdre des doigts.

— Pourquoi tu ne dis pas que c'est ce jour-là que *ya* Rema t'a recruté ? dit le petit cavalier.

Cette invitation ramena l'intérêt de Bahari-Bora vers le petit forgeron. La lueur de compassion dans le regard du petit cavalier trahissait la solidarité entre les enfants.

Le petit forgeron-amnésique acquiesça et poursuivit :

— Il a observé ma main. Moi, je pleurais comme une fille. J'avais très, très mal. Il m'a essuyé les yeux avec une seule main et a posé l'autre sur mon épaule qui tremblait et m'a dit que maintenant je dois être fier de mon handicap, en grand forgeron. Les grands forgerons ont des doigts en moins, toujours, et c'est leur héritage. Il m'a appelé « Petit forgeron », avant j'étais « Prince ». Il continue à m'appeler ainsi seulement quand il est fâché avec moi. Prince… mon royaume a été détruit, mais je suis en vie pour en construire un autre.

Le récit du petit forgeron résonnait dans le silence de la nuit. Bahari-Bora partageait pleinement la douleur et la résilience de cet enfant. Le petit forgeron avait dû surmonter des obstacles insurmontables pour devenir le héros qu'il était aujourd'hui. Ce garçon courageux lui offrait une leçon de vie inoubliable, digne des récits épiques des temps anciens.

Bahari-Bora était traversée par une multitude d'émotions contradictoires, lui rappelant la fragilité de la vie et les défis qui attendaient son propre enfant à naître.

Elle se demandait si elle serait capable de le protéger des cruautés du monde, si elle saurait lui offrir un avenir meilleur, loin des blessures, loin des tourments qui marquaient le destin du petit forgeron.

Elle avait la nausée à force de se plonger dans ses pensées. Une sensation répugnante s'immisçait dans sa gorge.

Lorsque viendrait le moment de partager le maigre repas avec les garçons, elle savait qu'elle ne serait pas en mesure de garder la nourriture en elle. À chaque bouchée avalée, son estomac se rebellerait, la forçant à rendre tout son contenu. Les enfants se sentiraient coupables de leur échec à la rassasier, à prouver leur valeur dans ce monde hostile où même les morts paraissaient mieux lotis que les vivants.

Existe-t-il sort plus cruel pour un enfant que celui d'errer, exilé sur la terre qui l'a vu naître ? Que retient-on de la vie de celui qui est né sans parents et mort sans sépulcre ? Quelle empreinte laisse une âme privée d'amour et de mémoire ? À quoi s'accroche-t-on lorsque personne ne se souvient de notre nom ? Et si l'oubli était plus violent que la mort ? De quelle couleur est le monde aux yeux de cet enfant qui, tendant la main pour saisir un fragment d'affection, n'a reçu que vent, indifférence et méfiance ?

Au milieu de cette scène de désolation, le soleil se lèverait, continuerait son ascension manifeste, ignorant les drames humains qui se répètent sans cesse, comme si le monde n'avait jamais abandonné ses enfants.

20

Les rayons faibles du soleil peinaient à percer les ombres épaisses qui imprégnaient chaque recoin de l'enceinte délabrée. L'air était glacial, cinglant. Bahari-Bora marchait d'un pas incertain à travers les allées jonchées de débris et de ferraille corrodée.

Elle se dirigeait vers l'endroit de sa rencontre avec le chef des jeunes, un rendez-vous qui pesait lourdement sur ses épaules depuis la veille. Autour d'elle, les vestiges de l'usine semblaient murmurer des histoires de jours meilleurs, des temps où les machines tournaient à plein régime et où les ouvriers vaquaient à leurs tâches avec détermination.

Mais aujourd'hui, les odeurs de rouille et de décomposition se confondaient à celles de la terre humide, créant un mélange olfactif indissociable de l'ambiance lugubre du lieu. L'usine était un fantôme de son ancienne gloire. Bahari-Bora se souvenait des rumeurs de l'époque qui circulaient parmi les habitants des quartiers voisins, des histoires de rébellion et de résistance contre l'oppression du gouvernement. On racontait que les enfants des rues étaient désormais la cible d'un recrutement forcé dans l'armée régulière, une mesure destinée à lutter contre les groupes rebelles qui semaient le chaos en périphérie de la ville.

Avançant à travers les ruines, elle se promit de ne jamais perdre espoir, de toujours croire en un avenir meilleur pour son enfant.

Le petit cavalier qui servait d'éclaireur tenait la lampe dans les pas de Bahari-Bora. La fumée qu'elle émettait s'élevait tel un voile funeste.

Les mots de Rema l'avaient empêchée de trouver le sommeil. Ils tournaient dans sa tête, comme des échos d'une vérité inquiétante qu'elle ne pouvait ignorer.

Elle se sentait submergée par ses propres contradictions, incapable de comprendre pourquoi les questions simples de la vie pouvaient engendrer une telle douleur. Pourquoi ses pensées devenaient-elles ses pires tourments ?

Le récit, Rema l'avait partagé après que Bahari-Bora eut offert son vomissement aux mouches et aux fourmis rouges. Tout avait commencé par une question en apparence banale, mais d'une profondeur insoupçonnée.

— Quel est ton nom, mec ? lui avait-il lancé, tandis qu'elle posait la main sur son estomac.

Elle hésitait à croiser le regard des garçons, dont l'attention s'était aussitôt détournée de leur repas pour se concentrer sur sa silhouette. Ils formaient un cercle serré autour d'elle, comme une muraille humaine protectrice, érigeant une frontière infranchissable autour de celui qu'ils considéraient comme un frère. Un paria parmi les parias. Leur silence n'était pas celui des victimes résignées, mais celui des révoltés dénonçant l'injustice.

Rema, dont la stature n'était pas imposante, n'avait pas eu besoin de demander pour qu'un jeune nettoie les rejets de Bahari-Bora. Une fois qu'elle se fut essuyée, ils reprirent leur repas, considérant que l'incident était clos.

Lorsqu'il l'aida à se relever en passant ses mains par-dessous ses épaules, Rema effleura accidentellement le sein de la jeune fille. Dans un élan de compassion, il se surprit à penser que ce garçon devait souffrir d'une malnutrition aiguë pour avoir une poitrine aussi douce. Bahari-Bora ne releva pas ce geste, son esprit étant préoccupé ailleurs : elle savait que les deux jeunes soldats se sentaient coupables, maintenant. C'est pourquoi, en retournant à la table, elle s'efforça de reprendre deux bouchées.

— Bahari. Je m'appelle Bahari, répondit-elle.

L'assistance s'esclaffa, un rire moqueur qui emplissait l'air poussiéreux de l'usine. Les regards narquois se posèrent sur elle.

— Il porte un nom de fille ! s'exclama l'un, le ton mêlé d'amusement et de mépris.

— C'est un garçon-fille ! renchérirent les autres.

Rema esquissa un sourire subtil.

Bahari-Bora remarquait que ce dernier n'avait rien avalé. Savait-il que la quantité était ridicule, insuffisante ? Il se racla la gorge, et Bahari-Bora le regarda. Les enfants, en implacables histrions, continuaient de rire de son prénom. Pourtant, elle avait eu la présence d'esprit de leur épargner la partie manquante : Bora. « Bel » : ils auraient pu se moquer jusqu'à en étouffer de rire.

Ayant finalement avalé le *fufu* qu'il mâchait depuis une éternité, le petit forgeron s'écria :

— Pourquoi tu as un nom de fille ? Qui te l'a donné ?

Le temps pour elle de fouiller dans sa proche mémoire une réponse, Rema laissa échapper un soupir empreint de colère envers le petit forgeron de la République unie des enfants morts-vivants.

— Qu'est-ce que je t'avais dit, ce jour-là, au marché ? demanda Rema.

L'enfant, gêné et craignant de se faire punir – la punition consistait à dépecer le poisson, lorsqu'il y en avait au menu –, baissa la tête, l'air démuni (il l'était vraiment) et se mit à jouer avec ses doigts-moitiés pour dissiper l'angoisse.

Le dos courbé, il écartait les jambes pour faire une place de rien du tout à son assiette : la sauce avait séché sur ses doigts mais il continuait à s'essuyer sur sa culotte en coton qui donnait l'impression de n'avoir jamais été sollicité par un savon, encore moins par une machine à laver. Il empestait le citron, le petit forgeron. Longtemps malnutri, son ventre bedonnant sortait d'un tee-shirt troué à l'épaule, qui arborait en son centre le logo d'un certain Spider-Man.

Si Bahari-Bora devait rire du petit prince pour se venger, elle s'en serait donné à cœur joie : son nombril gigantesque, imposant se posait sur son bas-ventre à la manière du nez rouge d'un clown. Elle n'en riait pas.

Les cheveux jaunâtres – abîmés par une sévère teigne tondante et un *kwashiorkor*[1] avancé – et crépus de l'enfant lui causaient du chagrin. Elle s'inquiétait pour sa santé.

---

1. Maladie de la malnutrition sévère due à une carence en protéines, entraînant un gonflement du ventre, des lésions cutanées et un affaiblissement général.

Elle ne posait pas souvent les yeux sur les autres, mais quand elle le faisait, ce n'était pas avec les mêmes yeux qui scrutaient le petit forgeron.

— Je ne voulais pas… grand frère, susurra le petit prince.

— C'n'est rien, répondit-il, impatient de poursuivre une idée qui semblait avoir germé dans sa pensée.

Loboko Bistouri, le conducteur de la camionnette, un garçon à peine plus âgé que Rema mais qui s'avérait posséder une autorité indéniable, se leva. Il rassembla les assiettes et les entassa dans un coin avec les marmites. Il annonça que la vaisselle se ferait à la première heure le lendemain, puisqu'à chaque jour suffit son supplice, avant de s'en aller.

— Regarde, je vais te dire pourquoi éviter de demander aux gens dans notre situation ce qu'il s'est passé pour qu'ils se retrouvent à errer comme toi, moi, nous, et Bahari. Tu sais pourquoi ?

Le petit prince secoua la tête.

— Parce que, plus tard, tu ne vas pas fermer l'œil, Prince. Tu auras peur. Et quand tu ne vas pas dormir, tu verras qu'il y a pire que ton vécu et c'est le meilleur moyen de ne jamais guérir : on éprouve tous ce besoin, futile pourtant, de se sentir unique. Tu verras que ce pays que nous aimons tant excelle dans l'art de mettre en place des méthodes de plus en plus élaborées pour nous éprouver. Tu comprends ? Tu verras que tu n'es pas unique mais que tu es paradoxalement seul, sans pour autant être seul dans ce monde. Je me souviens d'un jour où j'étais avec un ami. Je lui rendais visite car il était malade, mais nous avions tapé dans une mangue comme ballon : il se trouvait un autre garçon dans son quartier, lequel disait être seul sur terre. On ne se pose pas la question de savoir comment quelqu'un peut être seul sur terre quand on n'a encore personne à qui manquer. Enfin, c'est ce que l'on pense.

» Comme on jouait au ballon-mangue, je lui demandais, gentiment, pourquoi il disait être seul dans ce monde. Sa réponse éveilla en moi des images que j'assimilais à chaque mot qui sortait de sa bouche. Et lui de me dire : « Tu veux savoir pourquoi je suis seul au monde ? Tu veux savoir pourquoi je suis dans l'obligation de ne porter des vêtements qu'une fois que les voisins en sont fatigués et qu'ils m'en fassent don, peut-être pour se sentir bien, car il y a plus de bonheur à donner qu'à recevoir ? Tu veux savoir pourquoi je ne vais plus à l'école, moi que les enseignants disaient surdoué ? C'est ça ? C'est tout ce que tu veux savoir ? Ah, tu veux savoir la raison pour laquelle les parents de ton ami ne veulent pas le voir dans mon ombre, mais qu'ils demandent toujours l'état de ma santé quand ils me croisent ? Je vais te le dire, Serge. Mon père était agriculteur – ça fait bizarre de parler de lui à l'imparfait. Ma mère ne faisait rien – ça fait très mal de parler d'elle à l'imparfait. Mes frères, je ne les ai pas connus – ça devrait faire mal de parler d'eux au passé. On me disait qu'ils étaient partis creuser dans une mine alors que maman m'avait dans son ventre. On me disait qu'ils voulaient que je vienne dans ce monde dans un vrai hôpital, croyant que cela allait changer quelque chose au sort qui nous était réservé. Non, ce serait dans la case de maman Koko, comme ça avait été leur cas. Eh bien, voilà qu'un jour ils ne sont plus revenus manger la nourriture de maman. J'ai grandi – ça fait bizarre de conjuguer ce verbe. Et puis voilà, mon père a été assassiné par des rebelles qui se disputaient notre plantation de café. Et puis voilà, ma mère, on lui a coupé la tête dans cette guéguerre. Ce n'est pas tout : après qu'on lui a coupé la tête, son corps a continué à bouger. Tu sais, un poulet. Tu as déjà vu ? Enfin bref, sais-tu maintenant pourquoi je dis être seul sur terre ? », m'avait-il demandé, les yeux noirs, le cœur inerte. On aurait dit un macchabée. Si tu veux savoir le « pourquoi » de quelqu'un, cela t'obligera à revivre, à raconter ton propre « pourquoi » : tu n'en seras que meurtri, si tu t'en sors, bien sûr.

Serge-Rema-le-mort-vivant parlait pour lui-même. Ses mots flottaient dans l'air stagnant de l'abandon. Le petit forgeron s'était assoupi au bout de la deuxième phrase. Bahari-Bora le suivait en silence, adossée au mur froid et moisi. Elle s'était recroquevillée sur elle-même. Ses genoux dissimulaient ses seins. Elle pensait au garçon dans l'histoire. Elle passa le reste de la nuit à ressasser ses propres « pourquoi ».

Un grincement sinistre émana de la lampe tempête, réclamant du kérosène. Hélas, il n'y en avait plus dans les quelques bouteilles en plastique, autrefois remplies de jus, qui faisaient office de réservoirs. La lumière vacillait, déclinait lentement alors que le récit du jeune parmi les enfants s'éternisait. Quand Rema eut fini, le noir enveloppa la pièce comme un linceul. À l'extérieur, l'obscurité était dense, oppressante. Le vent s'infiltrait par la fenêtre entrebâillée, caressait le tas de vêtements puants, soulevait les assiettes abandonnées et faisait tanguer le citron accroché à une ficelle. Il dansait entre les grains de sel que le petit cavalier, féru de spiritisme, dispersait méthodiquement, comme s'il cherchait à ériger une barrière contre les fantômes de ses parents qui le hantaient chaque nuit. Il disait que ses parents n'étaient plus les mêmes, qu'ils n'avaient plus les mêmes yeux, qu'ils lui voulaient du mal. Et il se réveillait en pleurs, pleurer n'était plus un luxe, mais une nécessité. Du haut de ses sept doigts et demi, se remémorait-il une époque où manger n'était pas un luxe, où dormir en paix n'était pas un luxe, où avoir une chambre à soi n'était pas un luxe ? Il se souvenait des jours où recevoir une correction de ses parents au salon n'était pas un luxe, où refuser un plat n'était pas un luxe, où aller à l'école n'était pas un luxe. Il pensait à une époque où humer l'odeur d'un corps décapité n'était pas la routine, où porter trois noms n'était pas un luxe : c'était hier. Ses parents lui manquaient, et Dieu sait qu'il aurait donné tout ce qu'il possédait pour qu'ils reviennent hanter chaque seconde de sa vie. Mais, ce qu'il avait de plus précieux, maintenant qu'ils n'étaient plus là, c'était la dilection inconditionnelle qu'il leur portait : un amour qui transcendait les frontières de la vie et de la mort.

21

Bahari-Bora avançait péniblement. Une douleur lancinante s'emparait de ses jambes et les raidissait. Elle avait l'impression qu'une armée de fourmis s'acharnait sur ses mollets.

Son odeur était âcre, forte. Piquait les yeux. Chatouillait la gorge à chaque bourrasque. Sa peau, aussi pâle que la lueur de la pleine lune, était recouverte d'une couche d'épiderme mort, la rendant presque repoussante. Son hygiène buccale laissait à désirer, en témoignait l'haleine des autres enfants, malgré leurs conseils sur l'efficacité supposée de la braise pour nettoyer les dents.

Elle évitait autant que possible de se regarder dans le miroir, cherchant à dissimuler la cicatrice laissée par une altercation avec une autre fille à l'école. Mais les mots de Mawingo lui rappelaient sa propre beauté. Son sourire était un privilège rare, sa voix une mélodie enchanteresse, et sa peau l'œuvre d'un créateur inspiré.

Bahari-Bora suivait Rema à travers les sinistres couloirs de l'usine, observant avec horreur les marques qui parsemaient les murs, stigmates d'une violence passée. Elle se demandait si quiconque avait pu survivre à la barbarie qui avait sévi en ces lieux.

Pendant ce temps, Rema tentait de partager les grandes lignes de son propre calvaire, ses « pourquoi », peut-être dans l'espoir de trouver un écho dans le vécu de Bahari-Bora. Il arpentait les lieux sa petite radio à la main, comme un sage naviguant à travers les méandres du temps. Une fois le tour de l'usine terminé, il replaça l'antenne dans sa niche, laissant résonner une chanson qui le touchait profondément, « Brenda's Got a Baby », interprétée par une légende de la musique.

La conversation allait reprendre quand, dans l'auberge, une dispute éclata entre les enfants pour les maigres restes de la veille. Les menaces fusaient.

— Ne fais pas attention à eux, murmura Rema. Ils vont finir par partager…

Tombant sur le jeune Loboko Bistouri, qui serrait entre son bras et ses côtes une assiette de *fufu*, Bahari-Bora comprit que son geste d'hier n'était motivé ni par la simple générosité ni par l'altruisme. Un rire lui échappa. Le garçon défendait son butin avec une détermination digne d'un joueur professionnel de basketball protégeant son ballon. Il pivotait et se déplaçait habilement, évitait les mains avides qui tentaient de subtiliser sa précieuse cargaison.

Bahari-Bora ne put s'empêcher d'esquisser un sourire. La scène qui se déroulait devant elle faisait écho à celle qu'elle avait vécue cinq ans plus tôt. À cet instant, elle n'aurait reculé devant rien pour retourner à cette époque qu'elle avait tant décriée, réalisant à quel point elle avait été ingrate, une enfant capricieuse parmi tant d'autres.

Bahari-Bora avait une requête bien formulée en tête. Cependant, avant qu'elle ne puisse l'exprimer, Rema prit les devants. Se plaisait-il à parler pour lui-même pour ne pas oublier les mots qu'on lui avait appris jadis sur le banc de l'école publique ?

— Je disais que cette usine appartenait à mon oncle paternel, appuya-t-il sur le mot « paternel ». Je le précise, car avec la réputation que se sont forgée les oncles paternels dans ce pays, le mien mérite que je lave sa mémoire : c'était un homme bon...

Depuis peu, son estomac se contractait dès qu'elle s'asseyait. Croisant les bras sur sa poitrine, elle évitait tout mouvement brusque, pour apaiser cette sensation accablante. Sa bouche produisait une salive abondante qu'elle peinait à contenir sous sa langue. Elle la crachait discrètement par terre dès que son interlocuteur détournait le regard, absorbé par ses propres pensées. Ces symptômes, elle les attribuait à sa grossesse, une réalité qu'elle essayait encore de digérer.

— Il vivait non loin d'ici ? demanda-t-elle, tentant d'en apprendre davantage sur le passé du jeune garçon.

Rema reprocha à Bahari-Bora de ne pas articuler assez. Inquiète que cela puisse conduire à la découverte de son secret, elle baissa le ton, adopta une voix à peine audible pour semer la confusion.

— Les machines que tu as vues à l'intérieur servaient à broyer les graines de café. Mon oncle possédait une plantation que lui avait laissée mon grand-père dans le village. Je venais souvent ici pour lui demander de l'argent quand j'allais encore à l'école. Je ne sais pas vraiment comment ça s'est passé ici ce jour-là, mais les gens racontent qu'il était le seul que les rebelles n'avaient pas exproprié parce qu'il gardait pour eux les armes et les munitions dans cette usine. Je ne sais pas. Je n'ai jamais vérifié. En tout cas, le jour où les filles ont été enlevées à l'école – je ne sais pas si tu connais cette histoire –, un groupe a fait irruption ici et en a fini avec mon oncle et tous ses employés. Il y a un flou que personne ne comprend. Certains disent que des généraux travaillent pour les intérêts des rebelles contre des privilèges dans l'armée. Tu y trouves une logique, toi ?

La jeune fille l'écoutait attentivement pour comprendre le puzzle de leur passé.

Les questions sans réponse et les zones d'ombre ajoutaient à son malaise. Pourquoi certains généraux collaboreraient-ils avec les rebelles, sacrifiant leur propre peuple pour des avantages personnels ?

Le haussement d'épaules de Bahari-Bora trahissait son désarroi face à l'inexplicable, mais elle se sentait reconnaissante envers Rema d'avoir ouvert la voie à une discussion plus personnelle.

La jeune fille, sans révéler sa propre implication, le questionna sur l'histoire des filles enlevées à l'école cinq ans plus tôt, curieuse de connaître les récits et les rumeurs qui circulaient. Elle voulait comprendre l'ambiance qui régnait dans la ville et ce que les gens disaient sur ces événements.

— J'ai entendu parler de l'histoire de l'école… avec les filles… mais je ne connais pas la suite. Tu sais comment ça s'est fini ?

Le jeune garçon éclata de rire.

— Aux oubliettes, bien sûr ! Tu crois qu'on est dans quel pays ici, dis-moi ? Au début, les parents manifestaient leur colère dans la rue : ça commençait généralement vers 8 heures. Ils défilaient avec des pancartes et des slogans inspirés par Michelle Obama, du genre : « Libérez nos filles[1] ! » et tout ça. Vers 10 heures, la logique voulait qu'ils rentrent s'occuper de ceux qui étaient là.

Elle se contentait d'acquiescer, l'encourageant à poursuivre. Elle était en quête d'un signe, d'un message, d'une virgule…

— Il paraît qu'il y avait quelques filles qui n'avaient pas de parents parmi celles qui ont été enlevées.

Elle laissa s'échapper ces mots en jetant un coup d'œil à l'intérieur, où Loboko Bistouri finissait par partager le *fufu* avec ses compagnons d'infortune.

Rema caressa sa moustache naissante tout en agitant la tête de haut en bas.

— Effectivement !

— Aux oubliettes, aussi ?

— C'était une autre histoire. Les gens, conscients qu'ils ne pouvaient pas faire grand-chose pour faire bouger le gouvernement, ont lynché la responsable de l'orphelinat en raison de ses origines… Comment ça s'appelle, déjà…

— « Les Soleils de Mathilde ».

— C'est bien ça. Les gens disaient que la femme était de mèche avec les insurgés pour du trafic d'organes. Ils ont sorti une liste qui montrait le prix que coûte chaque organe sur le marché noir. La femme ne demandait presque pas de dons pour élever les enfants qu'elle recueillait. Je la suspecte aussi, vraiment. Attends, qui fait ça ? Regarde comment nous vivons ici, tu as vu une femme venir nous

1. Ce hashtag fut créé par la première dame des États-Unis d'Amérique, en 2014, pour mettre la pression au groupe terroriste Boko Haram, alors que ce dernier venait d'enlever 276 lycéennes au nord du Nigéria, dans l'État de Borno.

proposer un toit, une aide ? C'est bizarre. Ça n'existe pas dans ce pays. Ça n'existe pas. Celle qui a voulu faire tuer Prince, je te dis que c'était une femme, une vieille maman. Alors une qui élève je ne sais combien d'enfants toute seule, hum, étonnant. Les Rwandais savent bien masquer leurs vraies intentions, tu le sais aussi bien que moi.

Le chagrin de Bahari-Bora se devinait au rythme de sa respiration. Son cœur se serrait davantage à chaque révélation. Quel était le sort de maman Mathilde ? Des images de barbarie affluaient dans son esprit. Sa mère était d'origine rwandaise : quel destin cruel lui avait été réservé ? Elle n'avait pas suffisamment pensé à elle, à celle qui l'avait élevée. Une culpabilité grandissante s'emparait d'elle, l'envahissant de remords, de regrets.

— Je voudrais la voir, glissa-t-elle sans faire attention.

Rema, surpris, se pencha. Son expression était un mélange de curiosité et d'inquiétude, comme s'il pressentait que quelque chose d'important était sur le point d'être révélé.

— *Nini*, quoi ?

Elle gratta machinalement le dos de sa main, et le bout de son nez qui prenait du volume au fur et à mesure que son ventre s'arrondissait.

— Je… euh…

— Tu veux vendre tes organes ?

Elle secoua la tête. Pourquoi avait-elle fait tout ce chemin ? Pourquoi avait-elle pris autant de risques ?

— Je suis à la recherche de mon petit frère. C'est… C'est pour cela que je suis venue en ville, dit-elle, placide.

Un calme pesant s'installa. Il comprenait que derrière les mots de Bahari-Bora se cachait une douleur indicible, perceptible dans chacun de ses gestes. Enfin, d'une voix maîtrisée, il reprit :

— Et tu penses qu'il est où, ton frère ?

Elle haussa les épaules.

— Je voudrais aller voir dans les orphelinats de la ville, en commençant par celui de la femme dont tu as parlé. Mon petit frère me manque beaucoup et mon cœur me dit qu'il est toujours en vie, qu'il est là, quelque part, et qu'il attend que je le retrouve. Peut-être a-t-il été recueilli par des gens au cœur bon.

Comment un villageois pouvait-il entreprendre une telle recherche loin de chez lui ? Comment pouvait-il connaître le nom de l'orphelinat impliqué dans des activités si sombres ? Comment pouvait-il sembler si naïf ? Ces questions tournoyaient dans l'esprit de Rema, mais il savait qu'il ne fallait pas chercher de réponses, préservant ainsi sa propre sécurité.

— Je vois, dit-il. Je vais t'aider à chercher ton petit frère et, en échange, tu vas nous aider à faire le guet devant un motel que l'on cible depuis quelques semaines. On a entendu dire que des filles de Goma allaient y séjourner, elles vont venir ici pour faire des achats en gros. Ça veut dire qu'il y a un paquet à se faire, mais on ignore quand. Aucun petit porteur n'a atterri récemment.

Bahari-Bora hésitait. L'idée de s'aventurer dans une telle entreprise la terrifiait.

— Alors ?

— Pourquoi moi ? demanda-t-elle sur un ton empreint d'inquiétude.

Rema expira bruyamment, comme s'il libérait un poids invisible.

— Parce qu'on nous connaît déjà. Et que tu ressembles à une fille. Personne ne va te soupçonner. Tu vas dire que ta famille tient une ferme quelque part, et que vous êtes à la recherche d'une potentielle clientèle venant de Goma. Ils te diront quand ces filles arriveront, et on mettra en place notre plan. C'est bon ?

Quand ils conclurent leur accord, les nuages menaçaient de déverser leur colère sur leur quartier général. De même que ceux qui étaient censés maintenir l'ordre et la sécurité pour tous, la pluie ne montrait aucune pitié. Les garçons se hâtèrent de déplacer leurs maigres possessions vers un endroit plus abrité. Leur unique repas se résumait à du riz plat, une maigre pitance pour apaiser leurs estomacs affamés en pleine croissance.

Bahari-Bora était tombée alors qu'elle se rendait faire ses besoins, mais comme personne ne l'avait vue, elle avait gardé le silence sur cet incident.

22

Le souffle chaud qui enveloppait les deux cœurs de Bahari-Bora était réconfortant, chassait son inquiétude pour la remplacer par une euphorie tangible. Elle souriait en fixant les passagers du bus, à croire que c'était la première fois qu'elle osait le faire. Elle cherchait désespérément des réponses dans ces visages fatigués. Son impatience se manifestait par des pulsations de cœur plus rapides, visibles à travers la veine que Rema observait battre sur sa tempe.

Dans le bus, des rires chaleureux et des conversations animées remplissaient l'air, un sentiment de communauté entre des personnes autrefois étrangères. Même les regards furtifs exprimaient une solidarité discrète, comme si chacun reconnaissait un peu de lui-même dans les autres.

Ce trajet évoquait à Bahari-Bora des souvenirs de son chemin vers l'école. Bien que les paysages aient subi les marques du temps, elle ressentait pareil entrain en rentrant de ses activités scolaires. À mesure qu'elle se rapprochait de chez elle, sa faim devenait insupportable, à croire que la cuisine de maman Mathilde influençait directement son bien-être. Enfant, elle se précipitait tout de suite vers la cuisine, ouvrait les marmites, espérant y trouver un festin digne d'une lune de miel. Cependant, ses attentes étaient parfois déçues. Quand on lui demandait pourquoi son humeur changeait si souvent, elle répondait avec assurance que son cerveau, plus actif que la moyenne, avait besoin d'une alimentation adéquate. Sa mère, que certains qualifiaient de « femme sacrifiée », ne se plaignait jamais. Face aux questions indiscrètes sur la façon dont elle parvenait à joindre les deux bouts, elle répondait avec conviction : « C'est l'amour, le véritable amour. » Ses réponses cinglantes faisaient taire les curieux et mettaient en lumière sa détermination. Le charisme de cette femme était une source inépuisable d'inspiration pour ceux qui savaient lire entre les lignes, décrypter les histoires dans les yeux fatigués et les cernes, et entendre les récits dans sa voix.

La tête appuyée contre la vitre, Bahari-Bora contemplait le paysage avec une pointe de mélancolie. Alors que le trajet touchait à sa fin, le bus ralentit et s'arrêta. Son souffle se fit plus faible, plus rare, tandis que ses nerfs étaient à vif et sa gorge sèche. Son excitation vacillait, s'éclipsait puis revenait plus vigoureuse qu'auparavant. Soudain, elle posa les mains sur sa tête. Son corps frissonnait, recouvert d'une sueur froide. Rema crut qu'elle était victime d'une crise d'hypoglycémie.

— Non, non, mon Dieu, ça ne peut pas être ici ! On s'est trompés, répétait-elle en examinant pour la énième fois la façade devant elle.

Elle répétait ces mots, désespérée, pensant qu'en les disant encore et encore, la réalité autour d'elle changerait. Elle regardait les murs avec angoisse, cherchait un signe qui prouverait qu'elle s'était trompée. Mais rien ne bougeait. La dure vérité était là, face à elle, implacable.

Rema, tentant de comprendre la réaction de Bahari-Bora, inspectait les environs. Ses yeux finirent par se poser sur l'enseigne à l'origine du trouble de son amie : « Goshen, Église des amis du Christ Sauveur ». Pourquoi un orphelinat avait-il été remplacé par une Église en plein essor ? Et pourquoi Bahari se montrait-elle aussi désemparée ? Après tout, elle n'était censée connaître aucun endroit en ville. Il trouvait ses émotions un peu exagérées.

À genoux dans la terre, Bahari-Bora s'effondra, ses mains agrippant sa tête. Elle se sentait indigne, démunie de tout. Le culte qui se déroulait maintenant dans ce qui était son foyer attisait sa colère, nourrissait son amertume, alimentait sa rage.

Rema lui tendit la main. La jeune fille était courbée sous le poids de ses tourments intérieurs, et chaque souffle qu'elle expirait lui réclamait un effort insurmontable.

— Lève-toi, il y a d'autres orphelinats à voir, dit-il.

Il agissait selon ses moyens, même s'il ne comprenait pas la situation et n'essayait même pas de la comprendre. Bahari-Bora suscitait sa compassion. « Sachez purger votre servitude en silence… » C'était ce que maman Mathilde disait souvent, soulignant l'importance de supporter ses épreuves sans se plaindre.

Bahari-Bora se débattait entre colère et tristesse. Elle cria :

— Tu ne comprends rien ! Laisse-moi tranquille !

Rema posa sa main sur l'épaule de Bahari-Bora, tentant de la réconforter.

— Écoute, je ne sais pas ce qui te tracasse, mais si tu veux, on peut aller poser des questions aux responsables d'ici. Ils doivent sûrement savoir pourquoi l'orphelinat n'est plus là. Tu ne devrais pas pleurer. Qu'est-ce qui se passe vraiment ?

Bahari-Bora s'assit par terre, prenant un long moment pour essuyer ses larmes, les sourcils froncés, ignorant le regard de son compagnon.

Le portail était grand ouvert. Une voix rauque fredonnait un air sur le thème de l'amour, de la miséricorde et du partage. L'Église des amis du Christ Sauveur leur tendait les bras. Avant de pénétrer dans son enceinte, Rema leva la tête en jetant un coup d'œil dans son dos. Un vent, timide, soufflait entre leurs pas et emportait des sachets qui traînaient dans leur sillage. Quant à Bahari-Bora, en foulant ce qui était autrefois son cocon familial, elle ressentit le mal d'un retour au pays natal. Elle comprit que le temps n'est ni relatif ni infini, il ne nous attend pas.

23

Par-delà le temps qui s'était écoulé sans attendre personne, la maison conservait sa beauté intemporelle. Cependant, elle avait subi une métamorphose subtile, abandonnant son ancien revêtement bleu pour une teinte de gris plus claire. Bahari-Bora disait que la couleur d'antan lui rappelait trop l'école. Le culte était en cours dans l'église qui avait servi de lieu de récréation pour les enfants. Elle se dirigea vers une jeune femme d'une vingtaine d'années, la secrétaire du pasteur.

Rema, agité, parcourait la parcelle, se demandant ce qui le retenait ici. De son côté, Bahari-Bora s'efforçait de chasser les sombres pensées de son esprit. Elle se blottit dans la chaise qui lui avait été offerte pour patienter.

Elle se voyait courir après sa sœur Nadine, qui aimait lui emprunter ses crayons de couleur en son absence. Les deux sœurs s'amusaient souvent ensemble, inventaient des jeux et des aventures. Certains après-midi ensoleillés, elles improvisaient des pique-niques, étalaient un vieux drap sur l'herbe et partageaient des sandwichs et des biscuits faits maison.

Elles se déguisaient en princesse et en chevalier, en chercheur intrépide ou en aventurier de l'espace. Quelquefois, elles construisaient des forts en utilisant coussins et couvertures, se lançant dans des batailles épiques de polochons. Quand elles étaient à court d'idées, elles se contentaient de courir en riant à travers la pelouse, s'imaginant être des colombes libres dans le ciel.

Les garçons du quartier se joignaient à elles de temps à autre, apportant une énergie turbulente et des concepts farfelus. Ensemble, ils formaient une petite bande insouciante, explorant le monde avec des cœurs pleins de joie. Moments de bonheur pur.

Rema tapotait ses pieds sur la pelouse humide, imitant les mouvements du percussionniste dans l'église. Il ne réfléchissait pas comme Bahari-Bora. Pour lui, c'était une occasion de spéculer sur la richesse et le statut social des passants. Il avait une méthode simple : observer leur montre, leurs chaussures et leur ceinture. C'était une leçon reçue d'une jeune femme séduisante qui l'avait pris pour exemple, bien que ses propres accessoires le situent au plus bas de l'échelle sociale : une montre en plastique bon marché aux couleurs d'un club de football catalan, des chaussures usées et une ceinture maintenue par un lacet.

Malgré ses avances repoussées, Rema était toujours attiré par cette jeune femme, au point d'en faire des cauchemars où elle lui répétait cette leçon. Ainsi scrutait-il les passants, flairant le luxe et l'odeur de l'argent. S'il pouvait convaincre Bahari-Bora de faire la même chose, ils pourraient tirer profit de la situation. Les rumeurs couraient qu'une femme venait de faire un don important à l'église, et le pasteur avait promis de multiplier cette somme par la grâce du Christ Sauveur. Des applaudissements éclataient dans l'édifice, ponctués de nombreux « Amen ».

Rema, réalisant qu'il était temps de donner un sens à leur venue dans ce lieu, se leva d'un bond. D'un pas déterminé, il se dirigea vers Bahari-Bora. Voyant Rema approcher à grandes enjambées, elle étira son bras engourdi, qui avait supporté le poids de ses pensées.

Rema murmura tout en secouant Bahari-Bora :

— Hey, tu as fait comme moi ?

— Tu as fait quoi ? Je ne vois pas de quoi tu parles, répondit-elle, confuse.

Le jeune garçon bouda, l'air déçu.

— En tout cas, on ne va pas rentrer bredouilles. Ça te fait plaisir de manger du riz plat alors qu'ici quelqu'un a fait un don de je ne sais combien de dollars ? insista-t-il en cherchant le regard de Bahari-Bora, qui fuyait le sien.

En guise de réponse, elle haussa les épaules. Rema soupira, il se jura de bien mémoriser l'adresse du lieu.

— Je connais ma première église ! s'exclama-t-il en posant la tête dans ses mains, qu'il venait de joindre derrière sa nuque tout en écartant les jambes.

Il avait remarqué que Bahari-Bora n'avait aucune envie de lui faire la conversation, et une certaine pitié pour son compagnon s'insinuait dans son cœur. Cette situation lui était nouvelle : les failles apparentes dans le comportement de Bahari-Bora remettaient en cause son propre système de survie. Il se promit de poser à ses amis, dans les jours à venir, la question de leurs motivations, dans l'espoir de comprendre un « comment » salvateur. Mais avant cela, il devait réussir à dérober deux ou trois portefeuilles. Il avait l'impression que la chance était de son côté : l'assistance semblait aussi concentrée que lors d'une finale de Coupe du monde.

Alors que l'église déversait ses fidèles, la jeune fille qui avait demandé à Bahari-Bora de patienter jusqu'à la fin du culte s'avança vers elle.

— Tu es toujours là. Merci d'avoir attendu. Le pasteur va bientôt sortir ! lança-t-elle avec un large sourire.

Elle avait une présence accueillante. Sa jupe noire flottait dans le vent. Ses longues tresses brésiliennes encadraient son visage. Elle se rapprocha d'un homme vêtu d'une chemise en pagne, aux couleurs d'un parti politique de l'opposition. Il était boiteux. Une foule gravitait autour de lui, ignorant son inconfort. Certains lui roulaient des billets verts dans la main, d'autres se bousculaient pour effleurer le tissu de son pagne. Il transpirait en abondance. Sa secrétaire éprouvait des difficultés à l'approcher, hésitait à chaque pas, devancée par un disciple venant exposer ses besoins spirituels : « Priez pour moi, pasteur, priez pour moi. »

L'assemblée était dense, une marée humaine agitée par un océan sacré. Des voix s'élevaient dans un tumulte incessant, un mélange de supplications, de louanges et de demandes. Des mains tendues, des gestes de dévotion. Au milieu de cette confusion, le pasteur se tenait droit, figure imposante au centre d'une scène en ébullition.

Elle réussit enfin à lui susurrer :

— Papa Ramazani, il y a une jeune fille pour vous. Elle dit qu'elle a vécu ici, alors que c'était l'orphel…

Elle n'avait pas terminé sa phrase que le pasteur prit la parole :

— Viens avec moi, dit-il, esquissant des pas vers la maison sans même la considérer.

Bahari-Bora était stupéfaite. Entrer dans sa propre maison, c'était comme pénétrer dans un monde parallèle, un endroit où les souvenirs s'intégraient au présent de manière inextricable. Elle jeta un œil en arrière, Rema était là, figé, pétrifié par la révélation. La manière dont la secrétaire l'avait annoncée avait été comme un coup de poignard dans le cœur de Bahari-Bora.

Une goutte de pluie éclata sur le front de Rema, suivie par d'autres, et le ciel grondait au-dessus d'eux. Avant que la pluie ne s'intensifie, il fit volte-face et s'éloigna, disparaissant dans la brume de la rue. Bahari-Bora se retrouva seule devant sa maison, prête à franchir le seuil de son passé.

24

La maison était imprégnée d'un délicieux parfum de vanille, émanant des bougies placées aux quatre coins du salon. Ce doux arôme chatouillait les narines de Bahari-Bora. Le pasteur Ramazani lui avait offert une place avant de s'éclipser mystérieusement, laissant la jeune fille immobile, avec la peur de commettre le moindre faux pas. Elle se tenait là, sur le tapis de velours, consciente du verre qu'elle tenait, craignant de le renverser par inadvertance.

Elle se sentait étrangère chez elle. Des enfants qu'elle ne connaissait pas couraient librement dans la maison. Ils avaient pris possession des lieux. Une adolescente dodue déambulait dans le salon, des écouteurs dans les oreilles. Lançant des regards méfiants à Bahari-Bora, elle avait été désignée pour la surveiller. Elle était une intruse dans sa propre demeure.

Le verre de soda posé devant elle parut soudain trop lourd à porter. Bahari-Bora attendait, angoissée, ne sachant ce qui allait se passer. Elle cherchait, désespérée, une réponse à cette étrange situation.

Elle ressentait une pointe de jalousie envers ces enfants si à l'aise dans sa maison, comme s'ils étaient chez eux depuis toujours. Leurs éclats de rire résonnaient dans la pièce.

Elle ne pouvait s'empêcher de se demander pourquoi ils étaient autorisés à créer des souvenirs dans les mêmes pièces où elle avait grandi, où elle avait ri et pleuré, où elle avait partagé des moments précieux avec sa famille. Cette jalousie lui serrait le cœur, lui rappelait cruellement ce qu'elle avait perdu.

À travers un brouhaha émanant du couloir, Bahari-Bora observa le pasteur marcher en soutenant une femme. Celle-ci, vêtue d'une robe de nuit inappropriée pour l'heure de midi, ne se tenait pas droite. Son teint était pâle, ses lèvres sèches et gercées. Le pasteur tenait l'une de ses mains et adaptait son pas au rythme lent de ses déplacements. Par moments, elle retirait sa main pour tousser. Une quinte de toux sévère secouait sa poitrine. Il était évident qu'elle avait été réveillée de manière abrupte.

Son visage, érodé par la maladie, traduisait la fatigue, la douleur. Son mari la tenait avec précaution, veillant à ce qu'elle ne perde pas l'équilibre à chaque pas incertain.

La femme passa près de Bahari-Bora et, d'un geste tendre, posa sa paume sur son épaule. Ils atteignirent le canapé. Elle s'affaissa sur le coussin, son corps ne trouvant que peu de consolation dans la douceur du mobilier. Ses mains, agrippées à celles de son époux, exprimaient à la fois sa gratitude et sa vulnérabilité.

Le cœur battant, Bahari-Bora murmura :

— *Jambo*, maman…

La femme lui fit un signe de reconnaissance, puis s'apprêta à se présenter quand une quinte de toux la saisit.

Des secondes s'écoulèrent avant qu'elle ne prenne la parole :

— Tu peux m'appeler maman Justine, *mtoto wangu*, mon enfant.

Bahari-Bora se contenta d'acquiescer d'un signe de tête.

— Alors, ma fille, comme ça tu vivais ici, avant ?

La voix de la maman, essoufflée, était pourtant déterminée. Pendant ce temps, le pasteur Ramazani, anxieux, comptait ses doigts en balançant sans cesse sa jambe, à l'affût du moindre bruit extérieur. Il aurait pu prendre la foudre pour un Concorde.

Bahari-Bora hocha la tête, sentant un poids s'enlever de ses épaules. La douceur dans la voix de maman Justine apaisait ses craintes et lui donnait le courage de répondre.

— *Ndio*, maman Justine. J'ai grandi ici. C'était un orphelinat avant.

Elle sentit l'œil bienveillant de la maman sur elle, ce qui lui donna l'assurance de continuer :

— Je suis Bahari-Bora. J'ai grandi ici jusqu'à... jusqu'à ce que... Disons que j'ai quitté cet endroit il y a longtemps... Cinq ans.

La jambe du pasteur s'accéléra. Il jeta un regard furtif à sa femme, puis, à la grande incompréhension de Bahari-Bora, maugréa :

— C'est elle, hein ? C'est elle qui t'a envoyée ? Réponds !

La jeune fille s'enfonça davantage dans le canapé. Ses mains agrippèrent les accoudoirs.

La tension dans la pièce était palpable. Le pasteur, les traits crispés par la colère, réitérait sa question avec une fermeté glaciale. Bahari-Bora, pétrifiée, balbutiait des réponses incompréhensibles, qui trahissaient sa peur grandissante.

Dans un accès de rage, le pasteur dénonça les prétendues manigances de cette « sorcière », affirmant avec véhémence que sa femme était bien vivante, défiant toute logique ou raison, malgré de multiples tentatives d'empoisonnements.

Au milieu de cette scène explosive, la voix douce et apaisante de la femme tentait de calmer son époux.

— Cinq ans, tu as dit ? s'intéressa la femme.

Bahari-Bora, encore sous le choc de la réaction brutale du pasteur, hocha timidement la tête.

Le soulagement l'envahit lorsqu'il s'éloigna.

— Mon mari est devenu méfiant depuis cette affaire, il faut le comprendre.

Bahari-Bora exprima son désarroi d'une voix hésitante.

— Je n'ai pas compris de quoi il parlait.

— Il y a quatre ans, il a été pris pour cible par des hommes envoyés par cette Rwandaise. Et comme si cela ne suffisait pas, elle a tenté de m'empoisonner, comme tu peux le constater.

La confidence de maman Justine ébranla profondément Bahari-Bora. Son cœur se brisa en mille morceaux. Elle savait que mentionner la nationalité d'origine de sa mère était souvent une volonté de la discréditer, de ternir son image.

— Le gouverneur nous a offert cette parcelle en cadeau, pourquoi est-ce que c'est à nous qu'elle s'en prend ? poursuivit-elle, luttant en vain contre sa toux sèche. Qu'elle retourne donc chez elle, il y a assez d'orphelins de l'autre côté de la frontière au regard du pogrom de nonante-quatre.

Ses paroles révélaient une amertume accumulée au fil des épreuves endurées. Bahari-Bora sentait le poids de ces mots, chargés d'histoire et de souffrance. La référence au génocide de 1994 résonnait dans la pièce, et rappelait les sombres moments de l'époque qui avaient marqué tant de vies entre les deux pays voisins.

Les échos des cris du pasteur et du bruit des portes claquant éclataient comme un avertissement. La pluie battante à l'extérieur s'ajoutait à cette symphonie discordante. Les enfants du pasteur étaient les victimes collatérales de sa colère, leurs maladresses amplifiaient son exaspération. Chaque porte qui se refermait avec fracas était une manifestation de la frustration du religieux.

Bahari-Bora sentait une vague de malaise monter en elle.

— Pourquoi… Est-ce que c'est maman Mathilde qui vous a fait ça ?

La femme du pasteur se redressa. Si son état de santé l'avait permis, elle aurait crié sur la jeune fille.

— Dieu nous a révélé le visage de celle qui nous tourmentait, dans une prière. Si c'est elle qui t'envoie, s'il te plaît, il faudra lui dire qu'on n'a rien à voir avec tout ça. Elle connaît le gouvernorat, qu'elle aille y chercher l'évidente raison de son éviction.

Le regret s'insinuait dans l'esprit de Bahari-Bora tel un venin insidieux. Regretter quoi, exactement ? Regretter d'avoir franchi le seuil de cette maison chargée de secrets et de tourments ? Regretter d'être confrontée à une réalité qui dépassait sa capacité de compréhension ? Peut-être regrettait-elle simplement d'avoir été plongée dans cette situation troublante.

— Je suis à sa recherche… Je suis à la recherche de ma famille… Personne ne m'a envoyée, insista-t-elle.

La femme ingurgita une gorgée de sa tisane fumante et soupira :

— *Kama unasema hivyo,* si tu le dis. Nous avons entendu dire qu'elle se trouvait à Goma.

Bahari-Bora demanda si elle était toujours avec ses enfants, ses *soleils*. La femme rigola doucement avant de répondre :

— Après ce qu'elle a fait, qui va la laisser s'approcher d'un enfant ? commença-t-elle d'un ton désolé. Elle est folle et se prend pour une mère. La preuve, tous les enfants qu'elle tenait en otage ici ont fini soit en prison, soit dans l'armée, soit au cimetière. Il se raconte qu'elle voulait faire d'eux des petits ennemis de notre nation. Elle travaillait pour les intérêts de Kigali.

— Vous ne pouvez pas dire ça alors que vous êtes vous-même une mère !

Bahari-Bora, dans une rage contenue, soutint le regard de la femme qui ressentit un frisson lui parcourir l'échine. La jeune fille lui inspirait soudain une certaine crainte.

— Qui es-tu ? demanda-t-elle d'une voix tremblante.

Au même moment, le pasteur revint. Il invita son épouse à jeter un œil aux papiers qu'il présentait devant ses yeux. Bahari-Bora était sur le point d'ouvrir la bouche. Malheureusement pour elle, on ne lui laissa pas le temps de s'expliquer. Le couple mit en évidence un cliché jauni par les ans et peut-être par les mains qui l'avaient souvent manipulé. La similitude avec la femme en face d'eux était pour le moins déroutante.

La photocopie montrait un visage juvénile, encadré de cheveux sombres. Les yeux, animés d'une lueur de détermination et d'une certaine anxiété, fixaient l'objectif avec intensité. La maturité qui s'en dégageait donnait l'impression que cette personne avait déjà vécu bien au-delà de ses années.

Bahari-Bora observait la photocopie avec un mélange de fascination et d'incompréhension. Bien sûr, les similitudes entre le visage sur le papier et le sien étaient criantes, mais il existait aussi des différences.

Le pasteur et sa femme échangeaient des signes de complicité que Bahari-Bora ne pouvait pas déchiffrer. Tout le monde retenait son haleine en attendant une révélation qui éclairerait enfin les mystères de ce passé trouble.

Le pasteur se leva du canapé, les mains crispées sur le dossier. Sa femme, comprenant la gravité de la situation, suivit son mouvement avec une agilité surprenante.

Dans un geste presque instinctif, Bahari-Bora se leva à son tour, les jambes tremblantes sous le poids de l'attente. Elle cherchait des réponses dans les yeux du pasteur, mais tout ce qu'elle y voyait était une profonde douleur.

Le pasteur saisit la photocopie avec fébrilité. Ses yeux étaient rivés sur le papier jauni. Il jeta la feuille froissée aux pieds de Bahari-Bora, à croire qu'elle était le symbole de tous leurs tourments.

Bahari-Bora, le souffle coupé, baissa la tête vers la photocopie. Son cœur se serra lorsqu'elle y vit son propre visage, accompagné d'une mention sinistre : « Enlevée par des rebelles – 12 avril 2013. »

La jeune fille se perdit dans le regard accusateur de son propre reflet, incapable de détourner les yeux de cette preuve de son passé.

La femme insistait :

— On ne veut pas avoir d'ennuis, s'il te plaît, pars.

Le simple fait de laisser Bahari-Bora rester une minute de plus dans leur maison était perçu comme un risque.

Bahari-Bora repensa au jour où les villageois avaient appris leur évasion des mains des rebelles. Elle se rappela les regards méfiants, les murmures étouffés qui avaient accompagné leur retour, car leur présence représentait un danger pour la communauté, une méfiance similaire à celle qu'elle lisait dans les yeux du pasteur et de sa femme.

C'était une étrangère dans sa propre maison, comme elle l'avait été dans tous ces villages. Elle se souvint du sentiment de rejet, de l'isolement, de la peur, et elle comprit que rien n'avait changé. Elle était toujours une étrangère, toujours à la recherche d'un foyer qui ne semblait jamais vouloir d'elle : comment rentrent-ils chez eux, ceux qui n'ont aucune adresse sur cette terre ?

Elle devait laisser derrière elle cette maison qui avait été son refuge et qui ne serait jamais vraiment chez elle.

— Dehors ! ajouta le pasteur en se cachant derrière sa femme.

Baissant une dernière fois les yeux vers la photocopie froissée à ses pieds, sans un mot de plus, sans un coup d'œil en arrière, elle tourna les talons et franchit la porte, s'enfonçant sous la pluie battante. Les gouttes glacées lui fouettaient le visage.

Elle marchait, le regard rivé vers l'église qui se dressait au loin dans la cour, offrant un semblant d'abri contre la tempête. Alors qu'elle s'approchait du portail de la maison, le fils aîné du pasteur sortit les chiens.

Les bêtes, loin d'être menaçantes, semblaient plutôt frissonner de froid, aussi dépourvues de chaleur que de colère. Bahari-Bora franchit le portail, le cœur déchiré.

Les paroles de la femme du pasteur résonnaient encore dans sa tête : prison, armée, cimetière… Elle se demandait où se trouvait Mawingo à présent, et si elle aurait jamais un endroit où elle pourrait enfin poser ses bagages, où elle pourrait enfin trouver un semblant de paix.

Alors que la ville se drapait dans une ambiance crépusculaire, Bahari-Bora repéra la silhouette familière de Rema. Il l'attendait sous un kiosque rouge et blanc, une oasis de couleur dans ce paysage délavé par la pluie.

Quand elle atteignit son ami, elle se jeta dans ses bras, incapable de retenir ses émotions plus longtemps. Ses bras s'enroulèrent autour de lui avec une force désespérée.

Les larmes coulaient désormais librement sur ses joues, et elle enfouit son visage dans l'épaule de Rema, cherchant réconfort et sécurité dans son étreinte. Rema la serra très fort contre lui. Ils restèrent ainsi, enlacés sous la pluie battante, partageant silencieusement leur douleur.

Une lueur d'espoir s'alluma en Bahari-Bora. Peut-être que retrouver maman Mathilde serait la clé pour retrouver Mawingo. Après tout, cette dernière lui avait souvent répété qu'elle était chanceuse. *Elle saura me guider vers Mawingo*, se dit-elle, comme une promesse murmurée par son deuxième cœur, son enfant.

25

Rema ne put se résoudre à se fâcher contre Bahari-Bora. Au contraire, le jeune garçon s'engagea à garder son secret bien avant que la jeune fille ne le lui demandât. Avec l'argent qu'elle recevrait du braquage, elle prendrait un bus pour Goma. C'était là qu'elle trouverait des réponses à ses questions.

Bahari-Bora se souciait peu de son genre. Parfois, elle se demandait même si elle était un garçon ou une fille, un homme ou une femme, surtout que la garante de sa vie sur terre favorisait un genre au détriment de l'autre. Maman Mathilde disait que c'était aux garçons de balayer la cour : Bahari-Bora aimait le faire dans la clandestinité. Si l'une de ses sœurs la surprenait et menaçait d'aller rapporter sa désobéissance – ce qui arrivait fort souvent –, la jeune fille haussait les épaules, saisissait fermement le manche de son balai, regardait sa sœur dans les yeux et reprenait son activité : « Tu entends cette mélodie que fredonne le balai quand il frotte le sol en béton ? (Sa sœur acquiesçait.) C'est ma thérapie. Elle me fait du bien dans la tête, cette musique. Et si on dit qu'il faut être un garçon pour se faire des petits plaisirs, alors je serai un garçon à partir de ce soir. Va rapporter. »

Maman Mathilde ajoutait que les filles devaient se coucher tôt pour se lever avant le soleil : Bahari-Bora, occupée à vider son esprit en comptant et recomptant les seize carreaux qui surplombaient le plafond de leur chambre, se couchait tard. Pourtant, elle était toujours la première à se réveiller. Elle ouvrait les paupières et se perdait aussitôt dans les mêmes carreaux, reprenant le compte là où elle s'était arrêtée la veille.

Elle détestait le communautarisme, peut-être sans le savoir. C'était une enfant qui rêvait de s'épanouir, qui voulait briser le hideux masque de sa classe sociale. C'était une enfant qui aimait vivre et qui regardait de manière profonde ses semblables dans les yeux, car elle les aimait de toutes ses tripes.

Elle avait terminé sa visite au motel comme prévu. Ils devaient encore patienter trois semaines avant que leurs distributeurs ambulants ne se présentent. Les routes ne faisaient que se détériorer : elles étaient en piteux état et une folle rumeur courait selon laquelle un groupe de jeunes voyous les vandalisait pour s'en prendre aux commerçants. Bahari-Bora tut sa conscience lorsque le gérant lui fit part de cette nouvelle. Le bâtiment avait deux sorties. Les infidèles préféraient la seconde, bien qu'elle donnât sur une catastrophe écologique : une décharge qui daignait gratter le ciel.

En attendant leur prochain ravitaillement, les garçons et la jeune fille s'étaient retrouvés contraints de rationner leur nourriture, se contentant d'un repas par jour. Pour Bahari-Bora, la famine était monnaie courante, elle laissait derrière elle des estomacs vides et des visages creux. Les amis de la jeune fille, ignorant sa grossesse, s'inquiétaient de sa maigreur croissante, la traitaient avec mépris. Un jour, le petit forgeron lança ironiquement que même un garçon portant un prénom de fille pouvait tomber enceinte, suscitant des rires moqueurs.

Pour passer le temps, les jeunes gens se retrouvaient sur l'avenue, devant leur parcelle de terre, observaient les passants, guettaient les voisins, tandis que Rema montait le volume de sa radio. Il affirmait avoir trouvé une station diffusant exclusivement des classiques du rap américain, souvent désignés sous le nom de « vieille école ». Ils s'amusaient en hochant la tête au rythme de la musique, à l'image de canards dans un étang.

Un soir particulier, alors que le soleil couchant peignait l'horizon d'une teinte vermeille, Rema interpella son ami de longue date :

— Raconte-nous ton histoire, Loboko Bistouri. Es-tu partant ?

Le jeune garçon parut avoir attendu cette question une décennie et se mit à rimer.

— J'n'ai pas été au school, v'là. Vous savez la chanson. Enfant, j'ai commencé à charbonner dans les mines. Bientôt adulte, je veux changer d'mine. Grand voyageur, on m'appelle pigeon. Dieu merci jamais j'n'entre dans une prison. J'ai fait le tour de Golgotha, wesh. J'ai gravé mon blase dans les mines du pays entier. J'ai gagné beaucoup, j'ai dépensé trop. Aucune maman pour m'dorloter, aucune cuisse pour m'consoler, aucune nuit pour m'porter conseil. J'en suis désolé. L'monde est noir. L'ciel est rouge. L'pays va mal. L'bâtard a dit que le sol et le sous-sol appartiennent à l'État, les mines artisanales ont fermé, sauf celles-là appartenant aux rebelles, avec la bénédiction des élus du peuple. V'là tout l'monde connaît, wesh. Donc Loboko Bistouri fume, Loboko Bistouri boit, Loboko Bistouri mange beaucoup s'il y en a : quand je vais couper le câble, je ne pourrais plus rien, j'ne me souviendrai de rien *wallah*.

— Ouais, ouais, frère ! s'écrièrent-ils en chœur. Tu les as crevés !

Durant trois jours, Bahari-Bora avait souffert d'un mal de tête persistant. Elle se retirait lorsque les garçons renforçaient leur fraternité forgée dans la douleur et la peine. Elle trouvait un certain réconfort dans son silence nocturne. Dès 18 heures, la ville s'immergeait dans une quiétude presque religieuse. L'air humide étouffait tout vacarme.

Pendant ce temps, les enfants jouaient avec une énergie débordante, leurs rires clairs coupant l'air lourd. Leurs pieds nus s'enfonçaient dans la boue, laissant des empreintes floues derrière eux. La morve séchée sur leurs visages témoignait de leur insouciance enfantine, de leur immersion totale dans le jeu.

Leurs éclats de rire étaient comme des éclairs de lumière dans l'obscurité, attirant l'attention des passants qui s'arrêtaient un moment pour les regarder, un sourire amusé aux lèvres.

Dans la maison d'en face, Bahari-Bora observait avec une mélancolie palpable une mère et son nourrisson. Elle enviait le soin délicat que la femme portait à ce petit être si fragile, le tenant avec une tendresse presque divine dans ses bras. Le nourrisson agrippait le bout du sein de sa mère, donnant de petits coups de poing alors qu'il tétait. La femme se balançait doucement, ses lèvres murmuraient une berceuse, accompagnant le rythme monotone de ses pas.

Les mouvements de la femme exprimaient un dévouement infini envers son enfant. Son dos se courbait lorsque le nourrisson mâchonnait son téton, cherchant à s'éloigner de la chaleur de sa bouche sans dents. D'une main, elle allumait une lampe pour inspecter les dommages sur son sein, tandis que le lait continuait de s'écouler de la bouche de l'enfant.

Bahari-Bora ressentit un pincement au cœur en contemplant cette scène intime, image de la beauté brute de la maternité.

La femme replongeait son sein dans la bouche de son trésor, fronçait les sourcils avec une expression de fatigue alors que le petit refusait obstinément de s'endormir. Elle parcourait inlassablement le périmètre de son salon, veillant à ne pas heurter un meuble, sa démarche rythmée par le cantique religieux qu'elle fredonnait. Ses manières étaient d'une infinie légèreté quand elle tapotait le dos de l'enfant qui finit par fermer les yeux sous l'effet balsamique de sa voix, telle que fut celle de Jah Kasongo.

Cependant, dès qu'elle remarqua les regards indiscrets des passants, leurs yeux brillant d'un désir à peine dissimulé pour les petites perles d'émail qu'elle portait autour de sa hanche, comme pour les embellir, la femme tira brusquement les rideaux, mettant fin à toute intrusion dans leur intimité.

Pour Bahari-Bora, cette soirée rappelait le souvenir de sa dernière conversation avec maman Mathilde. Sa mère lui avait confié son amour inconditionnel, des mots qui résonnaient maintenant plus que jamais dans son esprit. Alors qu'elles étaient désormais séparées, Bahari-Bora s'accrochait à ces paroles comme à une bouée de sauvetage dans un océan agité.

26

Je t'aime aussi, ma fille. Tu es ma raison de vivre. Tu es mon plus précieux trésor. Tu es ce que j'ai le plus cher. Tu es mon tout, mon plus que tout. Si un jour, je ne sais pas comment, quelqu'un te dit qu'il t'aime plus que moi, je saurai que je ne suis plus de ce monde. De mon vivant, personne ne t'aimera comme moi je t'aime.

J'ai collé ma bouche, oui, cette même bouche avec laquelle je te parle, Bahari ; il m'est arrivé de la coller sur ton nez pour y sucer, pour y aspirer la morve quand tu étais bébé, pour que tu ne t'étouffes pas. Je t'ai aimée avant de te connaître, avant de songer à te porter sur mon dos comme tu pleurais souvent, je t'ai aimée. Tu n'as pas encore l'âge pour que je te dise certaines choses, sache simplement que je t'aime plus que tout. Aucun garçon ne viendra t'aimer plus que ta mère. Aucune fille ne viendra te dire qu'elle t'aime plus que moi. Aucun ami. Aucune amie. Personne.

Mais il arrivera un jour, mon trésor. Il arrivera un jour où mon dernier rêve se réalisera... celui de quitter cette terre avant toi. Tu seras là, avec moi. Ton mari sera là. Mes petits-fils et mes petites-filles seront là, à mon chevet. Ils poseront leurs douces mains sur mon visage flétri et fané pour tâter ma température. Je serai fière d'être venue ici-bas puisque j'aurai eu une raison de vivre, une raison de me battre, une raison de briser mes chaînes, les tiennes et celles de la société. Je dirai quelque chose. Une dernière parole. Je ne sais pas si toute l'assistance en rira, mais je n'aurai plus aucune dent dans la bouche, il me sera drôle de prononcer ton prénom, sans doute que Bahari-Bora sera « Biyashirah ». Ah, c'est vrai que mes petits-fils en riront aux éclats, ils s'esclafferont, ils se moqueront de leur grand-mère qui ne sait plus parler.

Je n'ai pas été longtemps à l'école, je n'aurai donc pas à leur faire faire les devoirs. Je dirai ceci : « En mon absence, soyez heureux, ma famille, je vous aime ! » Qui est celui qui ne rêve pas d'avoir l'occasion de conjuguer l'amour dans sa dernière phrase ? Qui est celui qui ne rêve pas de le dire haut et fort ? Qui est celui qui ne rêve pas de le crier comme on crie « À demain », la main sur le côté de la bouche ?

C'est mon vœu et je sais que le ciel est assez juste pour me l'accorder. Et je te regarderai dans les yeux, prononçant ma dernière phrase. Je t'interdirai de pleurer, car ma vie n'aura pas été insignifiante. Je t'interdirai de pleurer puisque j'irai avec l'espoir de te revoir un jour. Je t'interdirai de pleurer parce que tes yeux ne le méritent pas. Je t'interdirai de pleurer parce que je suis ta mère. Du moins, je le serai encore pour peu de temps, et je sais que le chagrin ne te va pas, il te rend laide, et je ne le voudrais pas. Je ne voudrais jamais que ce soleil ingrat darde ses sombres rayons sur les contours de ton visage.

Tu ne pleureras pas. Je te l'interdirai parce que je t'aime, je te l'interdirai puisque c'est dans tes yeux que j'ai appris à aimer, moi, Mathilde Ilangira Utulivu. Je te l'interdirai sans façons et simplement : je t'aime, petite fille, mon absolu bonheur !

27

— Putain, les gens ne vont pas se coucher ou quoi ! grogna Loboko Bistouri en frappant le volant d'un coup de poing frustré.

Du côté de la décharge à ciel ouvert, où le monceau de bouteilles en plastique semblait tutoyer le ciel, une symphonie étrange émanait des profondeurs. Les cris des crapauds, les lueurs des lucioles et les mouvements furtifs des caméléons parvenaient à percer de temps à autre le silence qui régnait dans la camionnette. Alors qu'ils traversaient l'avenue, cachés dans l'ombre de la lune, chacun guettait par-dessus son épaule, priant pour que leur chemin soit bref.

L'adrénaline se mêlait à l'impatience grandissante, tel un feu couvant sous la cendre.

D'après leurs estimations, tout le monde aurait dû être plongé dans le monde des rêves bien avant que l'horloge ne marque 22 heures. Pourtant, il était déjà minuit moins le quart, et la fièvre de la nuit semblait loin de s'apaiser.

— On bouge dès que la dernière lampe s'éteint, d'accord ? confirma Rema pour lui-même, avant de jeter un œil sur Bahari-Bora qui, de son côté, évaluait sa température en pressant le dos de sa main gauche contre son cou.

— Je ne me sens pas bien, murmura-t-elle au jeune garçon.

Ceux qui se trouvaient à l'extérieur de la camionnette cherchaient à savoir ce qui se passait à l'intérieur. Leur nervosité était palpable. Loboko Bistouri hissa sa tête par la fenêtre pour leur annoncer la nouvelle :

— Bahari dit qu'il ne se sent pas bien, les gars.

— C'est sa première fois ? s'écria une voix, risquant ainsi de compromettre la mission.

— C'est ta première fois ? reprit-il depuis l'habitacle.

— Chut ! chuchota Rema, son index pressé contre ses lèvres. On peut juste faire ce qu'on est venus faire ?

Après un bref silence, il demanda à Bahari-Bora si elle avait bien pris les deux comprimés de paracétamol qu'il lui avait proposés dans la matinée.

— J'ai comme l'impression que ça ne fait rien…

— Ça va aller…

Malgré la chaleur étouffante, Bahari-Bora avait l'étrange sensation d'être glacée jusqu'aux os : sa mâchoire se contractait, tandis que des frissons parcouraient son corps de part en part, éphémères mais intenses. Elle tremblait.

Pendant que les garçons scrutaient la situation, elle restait pétrifiée par la peur, figée dans la même position depuis leur arrêt. Elle avait appris à survivre, à se défendre, mais jamais à attaquer en premier. Ses cauchemars en étaient la preuve.

Sonna l'heure de vérité. Le moment tant attendu était enfin arrivé. Après qu'un des occupants eut éteint la dernière lampe restante, les jeunes garçons attendirent encore une trentaine de minutes avant de se faufiler dans l'enceinte du motel. C'était un jeu d'enfant.

Lors de sa reconnaissance, Bahari-Bora avait appris que le gardien n'avait pas de guérite et passait la nuit dans la salle de réception, aménageant un petit espace pour lui-même. Les commerçants privilégiaient la discrétion plutôt que le luxe, aucune étoile ne brillait dans ce coin : les promoteurs optaient pour la simplicité afin d'éviter d'attirer l'attention.

La porte arrière du motel était la moins sécurisée, c'est pourquoi ils l'avaient choisie comme point d'entrée. Les machettes étaient prêtes, mais lorsque Bahari-Bora voulut savoir si elles avaient déjà été utilisées, personne ne répondit. Rema était méconnaissable. Il ajustait sa crête avec nervosité, les sourcils froncés. Loboko Bistouri, dans son sillage, s'efforçait d'ouvrir la porte avec une dextérité qu'il prétendait être le seul à posséder.

Bahari-Bora devait rester pour surveiller la camionnette. Étant donné qu'elle ne savait pas conduire, elle se demandait comment elle ferait en cas d'urgence. Assise sur le marchepied, avec la portière ouverte qui se balançait parfois au gré du vent, elle observait attentivement les faits et gestes des garçons. L'air frais lui procurait un apaisement.

Elle n'était pas directement impliquée dans l'action, mais ses oreilles étaient tendues à la recherche du moindre bruit. Ses narines flairaient toute odeur suspecte pouvant être associée à de l'essence. Elle était consciente des conséquences désastreuses qui les attendaient s'ils étaient arrêtés par la police.

Même en essayant de se convaincre qu'elle agissait dans le but de retrouver sa mère, c'était la voix de cette dernière qui résonnait dans sa tête : « Ce n'est pas ainsi que je t'ai élevée, Bahari. Tu me fais honte. » Elle s'ébrouait pour chasser cette pensée, mais la voix persistait.

Parfois, Mathilde, sa mère, voyait des formes variées dans les traces d'humidité sur le plafond de sa chambre et, dans ses rêves, elle se demandait si Bahari-Bora n'était pas sa fille biologique dans un autre monde. Lorsque ces pensées la réconfortaient, elle se réveillait de bonne humeur et se rendait dans la chambre de Bahari-Bora pour lui caresser doucement le visage. Il n'était un secret pour personne à l'orphelinat que Bahari-Bora était sa préférée, même si elle chérissait tous les enfants et qu'elle aurait donné sa vie pour chacun d'eux.

Je te retrouverai, maman Mathilde, se disait Bahari-Bora en plongeant dans ses souvenirs. On pourrait chercher à savoir après qui elle courait vraiment. Elle répondrait qu'elle courait après l'amour et la paix. Pour elle, l'étreinte de sa mère représentait parfaitement l'amour, et la voix apaisante de Mawingo représentait la paix, sa propre paix. Elle courait après l'une pour retrouver l'autre.

Une fois que les garçons parvinrent à ouvrir la porte, Bahari-Bora considéra vivement la machette qu'on avait posée sur ses jambes, consciente de son utilité potentielle. Croisant les bras, elle se mit à balancer sa jambe droite dans l'espoir de se réchauffer. La fièvre lui jouait des tours. Elle suivit la progression des garçons à l'intérieur à l'aide de tous ses sens.

… Ils pénètrent dans le motel, silencieux. Rema est en tête de file. Il ne respire presque plus. Ses veines gonflent, palpitent. Il panique. Des pas viennent tout juste de résonner dans son dos. Il s'arrête. Regarde derrière. Fait signe à ses hommes de faire attention. Ces derniers bougent la tête, acquiescent, obéissent. La marche continue. Le silence est bref : deux machettes viennent de se heurter par accident. L'écho paraît infini. Plus aucun pas. Plus aucune expiration. Les yeux s'ouvrent largement. Ils étouffent. Des muscles se contractent. « Nous devons immobiliser le gardien. » Ils acquiescent, suivent les ronflements provenant de ce qui a tout l'air d'être la salle de réception. Il est là, le gardien. Sa tasse de robusta a fait l'effet inverse. L'homme est couché sur des chaises qu'il a rassemblées, sur le ventre. Visage tourné vers le sol. Sa chemise, montée plus haut que sa taille, laisse entrevoir la naissance de ses fesses. Il est dans un autre monde.

Qu'a-t-il fait à part chercher une vie meilleure tout comme nous ? C'est le bruit intérieur, c'est le bruit de la conscience du jeune garçon qui se ramollit. Les autres sont en attente de ses ordres. Ils sont là, les yeux dans les yeux. C'est le moment ou jamais. Partons ? Restons ? Il se souvient du chauffeur du camion qui était à deux doigts de l'achever la fois dernière. Si je mourais, qui veillerait sur mes frères ? Qui prendrait soin de mon petit forgeron ? Qui prierait pour mon petit cavalier ? Qui offrirait son hospitalité congolaise à un jeune garçon qui est en fait une fille ? Qui ? Je dois rester en vie. La bonne foi a tué le pays, je ne veux pas être le prochain.

Les gars, ligotez-le. Je veux que Cygne noir et Requin marteau restent ici pour garder un œil sur lui. À la moindre escarmouche, laissez-lui un petit souvenir. Pensez à nos frères que l'armée envoie à la mort. Le gardien s'est réveillé. Une chaussette a gonflé ses joues, étouffant ses cris. Il ne bouge plus. Voit-il dans les yeux d'en face qu'ils ne badinent pas ? L'homme pense à sa femme, il pense à ses enfants, il pense à ses oncles et neveux vivant sous son toit. Sa calvitie naissante luit au contact de la machette.

... La marche silencieuse se poursuit. Comment va-t-on faire ? Il n'y a plus de retour en arrière possible. Le gardien marquait la barrière, l'infranchissable, la ligne du non-retour. C'est fait. Les cœurs battent la chamade. Les commerçants ne viennent plus seuls. Selon une certaine rumeur, ils sollicitent maintenant des hommes et des femmes dans la forêt, des marabouts. Ils cherchent des esprits pour veiller sur leurs biens, parole du petit forgeron. « Eh bien, c'est ce que nous allons voir. Voulez-vous ? » « Oui, nous voulons. » Ils longent le couloir, deux à deux, pas à pas. Chacun guettant l'ombre de l'autre. Chacun respirant pour l'autre.

Rema vise la dernière porte. C'est une question de sixième sens, une question de chance. C'est là que l'envoie son esprit, son troisième œil. *Il y a beaucoup d'argent*, se dit-il. Ils attendent son coup d'envoi. Le chef expire, il a peur. Suis-je prêt à blesser quelqu'un ? On verra bien. L'assaut sur les portes doit être synchro, il doit être lancé au même moment. Le bruit du bois assourdissant qui se fracasse ; des cris fusent comme des balles ; des prières dans des langues inconnues *nzambé na ngayi oh*. (Bahari-Bora sursaute.) *Maman na kufi éé*. (Elle tente en vain de se boucher les oreilles alors que des vitres semblent se briser dans le motel. Elle respire à un rythme ahurissant. Le sang lui monte à la tête. Sa gorge s'assèche. Son estomac se noue.) Le premier duo parvient à entrer dans une chambre. Il trouve un couple. La femme est en robe de nuit, le con dehors. Coït involontairement interrompu. L'homme en boxer, la hampe pointant en avant. Le foulard de la femme vient de tomber sur le lit. Elle se recroqueville dans les bras de son époux, en pleurs, en larmes, balançant ses mains comme pour barrer les éventuels coups. « Donnez tout ce que vous avez ! » Ils hurlent au secours. « Par pitié, nous ne voulons pas mourir, nous avons des enfants ! » « Vous êtes bornés ou bien ? Avec son machin, là, c'est sûr qu'il a tout un clan. Donnez et vous vivrez. »

… En rentrant dans cette chambre, quelqu'un allume très vite la lampe, une jeune fille. Les cibles. Celles qui viennent de Goma se sont entassées ici pour leur sécurité. La jeune classe commerçante gomatracienne. Celle qui a allumé la lampe paraît agile, fragile. Rema la regarde dans les yeux, y voit le feu de l'enfer qui brûle *ad vitam aeternam*. « Donnez ! » Personne ne réagit, elles hurlent à l'aide. En un mouvement théâtral, le jeune garçon entreprend de frotter sa machette sur le ciment pour l'aiguiser aussi bien que pour susciter l'effroi. Elles font dans leurs vêtements. Elles supplient pour une vie sauve. Sachant cette ville instable, capricieuse, aucune d'entre elles n'est en robe de nuit. Elles savent qu'il ne suffit que d'une seconde pour passer de la canicule à la tempête de neige. Celle qui a allumé la lampe a des sourcils denses. Elle cherche vraisemblablement à déstabiliser les garçons. Les autres filles, se faisant une idée de ce dont sont capables des garçons armés en pareille situation, se blottissent les unes contre les autres, croisent leurs jambes, inquiètes. Une autre défie Rema du regard : elle ne détourne pas les yeux, l'air de lui signifier qu'il ne fera rien. Qu'il n'est rien. Au fur et à mesure qu'ils se regardent, elle entrouvre légèrement sa bouche. Le jeune garçon secoue la tête de sorte à chasser une pensée, une pulsion, une envie. « Tout le monde dans la pièce principale, tout de suite ! », lance-t-il. Elles sont tirées par les bras, par les jambes, par les cheveux. Alors qu'ils se retrouvent tous à la réception, Rema intime à une partie de ses complices d'aller fouiller dans leurs affaires, de récolter tout objet de valeur, en privilégiant l'argent. Ils s'exécutent.

Rema se charge de dépouiller ceux qui sont là. Il prend tout. Les hommes turbulents ont été cognés. Un est en sang. Il pleure sa vie. Il est vivant. Il tente de contenir son hémorragie, mais en vain. Les jambes tremblent comme des feuilles, entre des cris et des pleurs. (L'impatience malmène les cœurs de Bahari-Bora. Elle se lève, se retourne, pose ses mains sur l'habitacle. Le froid traverse son corps. Elle ferme les paupières. Les ouvre. Respire, se repose sur le marchepied.) Les garçons reviennent non sans un considérable butin. Ils l'exposent aux yeux du chef. Ils se chargent de tout foutre dans une sacoche. Serge-Rema le mort-vivant n'en a pas fini avec son contrôle. Les autres se demandent ce qu'il se passe. Ils se pressent. Le chef égare sa machette. Soudain retentit un cri de guerre. La jeune fille saute sur son visage et le griffe de toute la rage contenue en elle. Elle court plus vite qu'un éclair. Le garçon la poursuit, machette en main, prêt à fondre dans les ténèbres. Les autres parviennent à dissiper le vent d'une prochaine rébellion. Ils hissent leurs armes.

… Bahari-Bora perçoit ces hurlements appelant au secours, se rapprochant inexorablement. La voix, familière à ses oreilles, crie de plus en plus fort. Elle se lève d'un bond et se précipite pour découvrir ce qui se passe. « Je vais te tuer, putain ! », hurle la voix de Rema, reconnaissable entre mille. Le jeune homme est sur le point d'effectuer un geste dont les conséquences hantent une vie entière quand Bahari-Bora intervient. Les genoux de Rema écrasent la poitrine de sa victime, son bras est suspendu en l'air, machette au zénith. Ses tempes pulsent sous la pression de l'effort et ses narines font goutter la sueur qui perle à sa moustache. Le sang, giclant de son visage, retombe sur la fille.

Bahari-Bora tente de lui montrer que ce n'est pas nécessaire. Lorsqu'elle pose les yeux sur la fille qui se débat, ses jambes la lâchent. Elle s'effondre, laissant s'échapper toutes les larmes qui lui restaient.

Bahari-Bora s'écrie : « Kabelya ! *Mungu wangu*, Kabelya ! » Elle agite les mains dans tous les sens, frôlant presque une blessure. « Je t'en supplie, Rema ! »

Le cœur de Kabelya bondit dans sa poitrine. Elle pleure. Face à la mort, un visage familier. Ce moment, d'autant plus intense, résonne comme une rétribution karmique pour Kabelya qui se souvient avec amertume de la période où elle avait été véritablement odieuse envers Bahari-Bora à l'école.

Kabelya, à bout de souffle, lui retourne la question : « Bahari, Bahari, est-ce que c'est toi, *kweli ni weye* ? »

« Je t'en supplie, Rema », prie-t-elle en se courbant sur Kabelya. Ainsi, la machette doit la traverser pour blesser son amie.

Et les garçons sortent à vive allure, leur sacoche en sécurité. Rema se lève et suit le mouvement de ses copains qui se dirigent vers la camionnette. Un groupe de personnes non identifiées venait de s'introduire par la porte de devant. Ils n'étaient pas les seuls à cibler cet endroit. Filant, Rema regarde derrière lui : Bahari-Bora tient fermement les mains de Kabelya qui l'aide à se relever et, quand elle scrute l'âme du jeune homme, elle y lit de la disgrâce, de la honte. Aussi, n'a-t-il point besoin de lui rappeler de ne pas revenir à l'usine. Rema disparaît dans un frimas. Retentit un violent vrombissement.

Leurs mains tremblantes de peur, les deux femmes se soutiennent mutuellement, chacune plaçant ses paumes sur les joues de l'autre, une tentative de transmettre un peu de réconfort dans cette angoisse partagée.

Kabelya, les yeux embués de larmes, se penche vers Bahari et lui murmure : « Je te demande pardon, Bahari. » Puis, elle l'enlace tendrement. « *Ni urumiye, ni urumiye,* pardonne-moi. »

Bahari-Bora, dans un état de détresse, privée de ses sens, ne perçoit ni les sons ambiants ni la caresse du vent dans ses cheveux. Sa vision s'obscurcit, comme si un voile sombre se refermait sur elle. Kabelya prend conscience de la gravité de la situation, tentant désespérément de venir en aide à son amie. Elle la dépose doucement sur le sol, appelle au secours. Bahari-Bora est prise de spasmes. Sa bouche expulse une mousse blanchâtre. Elle est en détresse respiratoire grave. L'urgence pèse sur ceux qui sont témoins de cette tragédie.

III

Exil sur le versant du Nyiragongo

28

Un mois plus tard

Bahari-Bora n'avait pas tardé à remarquer que le soleil se levait plus tôt à Goma qu'à Beni. Elle se tenait aux côtés de son amie bien-aimée sur la petite terrasse. Son regard se perdait dans les yeux de Kabelya, à travers ses lunettes de soleil, alors qu'elle retenait une question qui tourbillonnait dans son esprit.

Pour se mettre à l'aise, dans sa courte robe fleurie, elle s'adossa complètement à sa chaise en bois et étendit sa jambe gauche sur le repose-pied. Son bras barrait la vue de son entrejambe. Bahari-Bora avait beaucoup appris en compagnie de Kabelya. Sa main gauche passait de ses cheveux ébouriffés par le vent à ses ongles, qu'elle rongeait distraitement, tandis que Kabelya observait les huppes, ces oiseaux au plumage gris-brun, poussant des cris joyeux avant de s'envoler à la recherche de proies dans la terre. Se ronger les ongles était une vieille habitude chez Bahari-Bora, qu'elle pensait avoir abandonnée jadis.

Kabelya avait érigé son foyer sur le versant ensoleillé d'une rocailleuse colline. Lorsque Bahari-Bora lui demanda si c'était elle qui avait planté les haies qui entouraient le petit coin de paradis, elle préféra entretenir le suspense plutôt que de donner une réponse directe. Elle ne parlait pas beaucoup de son passé. Elle savait que le moment viendrait.

Sa maison offrait une vue imprenable sur un vaste champ de goyaviers qui servait également à filtrer les rayons de soleil. C'était un spectacle captivant lorsque le vent faisait danser harmonieusement les branches, avec en fond les majestueux sommets de l'ouest de Goma. Cet endroit tranquille procurait à Bahari-Bora un profond sentiment de bonheur.

— *Niku ambiye,* tu sais, au départ je voulais venir ici pour chercher maman Mathilde.

— Ah oui ?

Bahari-Bora hocha la tête.

— Je n'ai aucune idée de l'endroit où elle peut être… Une femme m'a dit qu'elle était ici. Je le sens aussi.

Silencieuse, Kabelya se plongeait dans ses propres souvenirs. Elle ressentait la même douleur que celle exprimée dans la voix de Bahari-Bora.

Kabelya tenta de la rassurer en lui expliquant que Goma était une ville où tout le monde se connaissait et où il serait difficile pour quelqu'un de passer inaperçu. Elle souligna qu'avec tous les endroits comme le grand marché, le port et l'aéroport, ils pourraient retrouver maman Mathilde si elle se déplaçait. Elle conclut en lui assurant qu'elle n'était plus seule dans cette quête.

— Rema m'a raconté que son image a été détruite après tout ça.

— C'est qui, Rema ? s'intéressa-t-elle.

— Le garçon avec lequel tu t'es battue.

— Ah, je vois. D'ailleurs, tu faisais quoi avec eux ?

— C'est une longue histoire… L'argent, j'en voulais pour venir ici, justement.

Elle secoua la tête et lâcha la question qui la taraudait depuis le début :

— Et toi, comment tu as fait ?

— C'est aussi une longue histoire, dit-elle en détournant aussitôt le regard.

Kabelya retenait certaines informations, consciente de la santé fragile de Bahari-Bora. Elle observait cette dernière se perdre dans ses pensées, tandis qu'elle contemplait avec émerveillement le volcan Nyiragongo enlacer la ville. Sa silhouette imposante s'élevait vers le ciel tel un titan endormi. Sa forme conique, couronnée de fumées et de nuages, dominait l'horizon de Goma. Ses flancs escarpés étaient marqués par les traces de ses éruptions passées, témoins de sa puissance et de son caractère redoutable. La majesté du Nyiragongo était telle qu'il pouvait être vu de n'importe où dans la ville.

Parmi les crêtes de ces volcans voraces qui couvraient la ville, le parc des Virunga se cachait humblement : des gorilles de montagne y prospéraient, des okapis y trouvaient refuge, ainsi que des bonobos et une variété importante d'animaux propres à la riche faune congolaise. Chaque fois que Bahari-Bora regardait par la fenêtre, elle contemplait les merveilles de la Création.

Bahari-Bora se questionnait sur la nature de ce sol sous ses pieds, cette fine poussière noire qui semblait empreinte de l'histoire tourmentée de cette région. À Beni, elle avait connu un sol rouge, témoin des violences et des souffrances endurées par ses habitants. Mais ici, à Goma, c'était un autre récit que racontait la terre sous ses pas.

Elle était désormais installée depuis plus d'un mois dans la chambre de Kabelya, son refuge. Au début, c'était un lit d'hôpital qui l'avait accueillie. Les soins étant assurés par la générosité de Kabelya. Malgré les craintes du Dr Farid Al Dounia, l'enfant se développait correctement, et l'arrivée imminente d'un petit garçon avait été accueillie avec joie.

Le jour où elle apprit la nouvelle, Bahari-Bora fut submergée par l'émotion. Ses larmes de bonheur et de soulagement exprimaient un mélange complexe de sentiments. Une fois dehors, elle s'agenouilla sur le sol, sentant les petits fragments de roche volcanique pénétrer dans ses genoux, comme si la terre elle-même partageait sa peine et sa joie.

Au crépuscule, alors que le soleil amorçait sa descente, une brise chargée de sel naissait des profondeurs du lac Kivu, enveloppant toute la côte de Goma. Bahari-Bora l'inhalait profondément, laissait cet air salin caresser sa gorge.

Son fils, quant à lui, ne connaissait pas la timidité. À mesure que le temps s'écoulait, il révélait de plus en plus les traits de son caractère. Il ne supportait pas de voir sa mère immobile. Chaque fois qu'elle essayait de se reposer, il se manifestait en donnant des coups de pied et de poing dans le ventre qui le protégeait encore. Bahari-Bora appelait alors Kabelya pour qu'elle assiste à ce spectacle. Ensemble, elles riaient, voyant dans ces gestes une lueur d'espoir pour l'avenir.

— Tu vas l'appeler comment ? lui demandait souvent Kabelya en posant les doigts sur son ventre mouvant, presque jalouse.

Bahari-Bora haussait les épaules. Quelquefois, on la surprenait en train de fredonner à son enfant son répertoire le plus doux, le plus intime. Elle se tenait debout et inventait les pas d'une rumba divine : c'était dans ces moments-là que se pointait toujours Kabelya ; elle l'empoignait par la taille en la serrant contre son corps.

— T'es un ange, la complimentait-elle.

— Merci pour tout ce que tu fais pour nous.

— Tu seras une bonne maman, *apanah ku ogopa*, n'aie pas peur. Tu sais que je ferais n'importe quoi pour vous, martelait Kabelya.

Elle avait pour habitude de déposer ses lèvres sur le front de Bahari-Bora pour marquer une pause dans leur conversation, et cette dernière se laissait alors envelopper dans ses bras. C'est ainsi, lors d'une de ces soirées familières, que Bahari-Bora osa de nouveau poser la question tant redoutée à Kabelya. Cette dernière lui promit de tout lui révéler bientôt, mais les jours, les semaines, les mois passèrent sans qu'elle comprenne l'activité mystérieuse des autres filles, qui ne sortaient qu'après le coucher du soleil, parfaitement apprêtées, excessivement parfumées, légèrement vêtues. Kabelya semblait gênée d'évoquer le sujet, et en coulisses, les autres filles murmuraient sur la présence incongrue de Bahari-Bora dans leur cercle des filles de la nuit.

Elle était déroutée par leur routine : chaque matin, en revenant, elles remettaient une certaine somme d'argent à Kabelya. Lorsqu'elles demandaient pourquoi Bahari-Bora ne contribuait pas, Kabelya répondait : « Personne ne sait d'où nous venons. Personne ne peut comprendre les épreuves qui nous ont séparées. Personne ne peut savoir pourquoi ni à quel point je tiens à elle. Voulez-vous contribuer pour elle, Theresa Mère ? » Le regard dur des autres filles en disait long sur leur manque de compassion envers la femme enceinte et son enfant à venir.

29

Tu sais, Bahari, il y a une vérité que nous, femmes, devons toutes comprendre dès notre plus jeune âge : les hommes ne désirent souvent que notre corps, pas notre essence. Ils ne nous aiment pas pour ce que nous sommes, mais pour ce que nous représentons. Comprends-tu la nuance ? J'ai eu la chance, pour ma part, de saisir cette réalité au moment où j'ai embrassé la complexité du monde qui m'entoure. Ce jour-là, face à la mort, j'ai réalisé que ma survie dépendait de ma capacité à manœuvrer dans ce jeu dangereux. Je ne pense pas que quiconque puisse me blâmer pour cela. N'est-ce pas ? Ne laisse jamais personne te convaincre du contraire : trop souvent, les hommes ne pensent qu'à assouvir leurs désirs sexuels.

Je te dis la vérité, Bahari. Je sais de quoi je parle. Si tu veux vivre longtemps et obtenir ce que tu désires, je te conseille de maîtriser le pouvoir de leur désir sexuel. Tu auras tout ce que tu veux, surtout si tu leur laisses croire qu'ils ont le contrôle, que tu es inoffensive, que tu ne ferais pas de mal à une mouche. Car qui contrôle le désir des hommes contrôle le monde. C'est aussi simple que ça. Al Saïd ne pensait qu'à une chose : assouvir ses pulsions. J'avais l'impression que le diable lui-même retenait toutes les femmes pour lui tout seul. Ses désirs brûlaient en lui, inassouvis. Je lui ai simplement fait comprendre que, s'il me laissait en vie, je satisferais ses pulsions jusqu'à ce qu'il implore grâce. Peut-être que personne ne t'a jamais enseigné ces choses, mais je suis là pour le faire. Revenons à ce jour-là dans la forêt, mais permets-moi d'ouvrir une parenthèse.

Je t'en voulais, tu sais, car au plus profond de moi, je redoutais que tu ne survives pas. Je pensais que ces idiotes de louves allaient te dévorer. Et ce qui me mettait le plus en colère, c'est que tu semblais ignorer ce que je vivais, les agressions quotidiennes que je subissais de la part de mon oncle. Je te détestais vraiment à l'école. Non seulement tu étais au courant de ma vie intime, mais lorsque je te regardais dans les yeux, je voyais toute la compassion que tu ressentais pour moi. Tout le monde dans notre classe savait que tu haïssais mon oncle. Je pensais que ma souffrance te rendrait heureuse. Mais tu étais impénétrable, tu ne me laissais pas atteindre ton cœur. Plus tard, dans nos moments de galère, j'ai compris que c'était cette sensibilité qui te maintenait en vie, qui te rendait si précieuse, si belle en tant que personne. Malgré tout ce que je t'ai fait subir, tu m'as toujours aimée. Savoir que quelqu'un pouvait aimer une personne comme moi m'a donné la force de survivre dans cette jungle. Je ne sais pas si c'est le hasard ou la main de Dieu qui a permis à nos chemins de se croiser à nouveau, mais maintenant que c'est arrivé, je ferai tout ce qui est en mon pouvoir pour que tu ne manques de rien. Je veux être ta sœur. Je veux être ta compagne. Je veux que tu m'aimes. Je veux que tu m'aimes comme tu aurais aimé l'être dans un monde meilleur.

Revenons à ce jour dans la forêt. Excuse-moi pour mes digressions, mais je voulais que tu saches vraiment tout, depuis le début. Quand Al Saïd me poussait à marcher devant lui, c'était simplement pour me dévorer des yeux. Mais je jurais de lui faire regretter d'envoyer mon corps aux vermines sans jamais l'avoir possédé. Les autres... Ces pauvres filles, tremblantes de peur, peinaient à avancer, les mains attachées dans le dos, suppliaient et pleuraient, tandis que moi, je bombais la poitrine, je mettais en valeur mes atouts. J'avais peut-être eu la chance de l'avoir séduit bien avant, car en étant conviée par ces idiotes, je me doutais bien de ce qu'elles avaient l'intention de nous faire. Je ne suis pas insensible, je rêve encore de cette femme qui inspectait nos parties intimes. Rien que d'y penser... Parfois, je me dis que je suis morte ce jour-là et que tout cela n'est qu'un aperçu de ce que ma vie aurait pu être. Si c'est vraiment le cas, alors je ne regrette pas d'être morte.

Joignant notre peloton d'exécution, je ne détournais pas mon regard du sien. Il invoquait de ses couilles une autorité soudaine, inexistante, fragile. Lorsqu'il fit signe aux hommes qui nous accompagnaient qu'ils pouvaient se servir, je sus que ma magie avait opéré. Alors que ces imbéciles s'activaient à baisser leurs pantalons et que leurs sexes s'étaient dressés bien avant qu'ils ne touchent nos collègues, il chargea son arme et leur tira dessus. Je n'avais jamais eu autant peur de toute ma chienne de vie. Dieu me voit, Bahari, Dieu me voit : je l'avais supplié d'épargner nos collègues... J'avais essayé... Elles voulurent s'échapper, malheureusement. Après que le silence m'eut rendue sourde, il m'empoigna par la taille, me tira vers lui et se pressa de me faire goûter son haleine fétide, une haleine de lama. Nous avons entamé une longue marche dans la forêt. Ni lui ni moi ne connaissions notre destination à ce moment-là. Nous n'avions aucune idée de ce qu'il fallait faire maintenant que nous étions libres. Mais qu'est-ce donc la liberté, mis à part une illusion d'optique, une défaillance auditive ? Lorsque nous vîmes un premier village – il évitait ceux que ses hommes et lui se plaisaient à terroriser naguère –, il me dissimula dans la brousse, comme un butin que l'on se jure de revenir chercher, et alla voler des vêtements pour moi : son arme, il l'avait abandonnée quelque part, je ne sais où ni quand exactement. Je remarquai juste qu'il ne la possédait plus. Maintenant que j'y réfléchis, j'en conclus qu'il ne voulait pas que je sache où il l'avait cachée, de peur que je ne la retrouve et que je ne lui colle des balles dans la peau. Je l'aurais fait avec grand plaisir, j'aurais pris mon pied, c'est vrai. Mais non, les gens comme lui ne méritent pas une mort aussi indolore : ils méritent une mort atroce, ils méritent une mort qui hante même leur cadavre, ils méritent une mort qui fasse la une des journaux, une mort intense, une mort comme celle qu'ils nous infligent depuis trois décennies.

Il arrivait que des chefs de village nous témoignent cette hospitalité qui caractérise si bien les Congolais. Nous prétendions alors être un couple d'agriculteurs expropriés par des rebelles dans un village imaginaire. Ils compatissaient à notre sort et nous signifiaient que le pardon est une force libératrice. Nous avions de la chance que les villageois ne demandent pas plus pour nous proposer de quoi étancher notre soif, de quoi manger, de quoi emporter, car mes mains moites auraient pu si vite nous trahir. Nous ne pouvions pas continuer d'errer de village en village, et prendre ainsi des risques, me disait-il. Il fallait échafauder un plan. Mon plan, tu peux me croire, consistait à le convaincre de collaborer avec les militaires pour vous libérer. Pour le mettre en œuvre, nous devions nous rendre à Beni, en première ligne. Ce n'était pas facile, de fouler de nouveau cette terre rouge.

Ce n'était pas facile. Nous n'avions pas d'argent. Généralement, les villageois ne possèdent pas de monnaie, ils recourent au troc : chou contre manioc, bananes contre sucre, etc. Nous rejoignions la ville après un dur labeur. Je ne ressemblais plus à rien. J'étais devenue laide. Inutile de te dire que cet imbécile m'obligeait parfois à me donner à lui dans la brousse. Le comble du paradoxe était qu'il se persuadait dans sa tête que moi, Kabelya Kahambo, j'étais éperdument amoureuse de lui. Il me semblait que nous étions face à un syndrome de Stockholm inversé. Il était évident qu'il avait fini par tomber amoureux de moi.

Une fois dans la ville, j'avais une sensation étrange. Je me voyais comme une étrangère apportant la peste dans une cité fortifiée. C'était normal, car je marchais en compagnie du diable. Pour trouver de l'argent, c'est drôle quand j'y pense : j'ai eu l'idée, tout comme toi, de participer à un cambriolage, à la différence près que je connaissais intimement tous les occupants de la maison. Comme tu peux t'en douter, il s'agissait de chez mon oncle. Nous n'avons eu aucun mal à trouver deux ou trois affamés au coin de la rue pour nous aider. Le pays va mal. « Chacun pour soi et Dieu pour tous », n'est-ce pas ce qu'on dit ? Nous avons tout pris. Tout sauf rien : ses cartes bancaires dont je connaissais le code, ses économies qu'il cachait sous le lit, l'or qu'il gardait quelque part dans le plafond. Sa vie. Il a opposé une farouche résistance, alors deux mains veineuses se sont chargées de son cas. Tu as le droit de m'en vouloir jusqu'à la fin, tu as le droit d'avoir peur de moi : j'ai fait tuer quelqu'un, bon sang ! Pour dire vrai, sa mort m'a laissée indifférente. Elle ne m'a fait ni chaud ni froid. Je ressentais une once de peine pour mes cousins. Seulement, j'avais trop souffert sous son toit, Bahari. Quand ce n'était pas lui qui s'allongeait sur moi, c'était sa femme qui me faisait boire de l'eau avec une fourchette. Elle rendait l'oxygène irrespirable, le monde invivable. Ça ne pouvait plus continuer comme ça. Pour que l'univers ne se fracasse pas, il fallait que l'un d'entre nous éteigne ses ardeurs pour de bon : moi, l'aigreur que je lui portais, lui, le stimulus qu'il trouvait en moi. Je n'avais pas survécu pour revivre la même histoire, les mêmes cauchemars, tu comprends ? Donc voilà, voilà.

Je te raconte la suite. Étant donné que nos forces armées sont une brasserie à ciel ouvert dans laquelle on mélange le maïs et le malt avariés, ainsi que toutes les immondices qui tombent du ciel, Al Saïd, en divulguant les secrets des extrémistes, a été enrôlé avec succès dans l'armée régulière, après avoir « juré » fidélité, dévouement et sacrifice pour la grande nation congolaise, ouais. On a changé son nom lorsque ses informations se sont révélées exactes, de sorte à ne jamais éveiller le moindre soupçon quant à son passé. Un certain Al Saïd Nkubamubango est devenu Daniel Matabaro.

Et j'ai failli oublier… Il a intégré les forces armées avec le grade de colonel, une promotion d'enfer. Comme je n'avais plus de toit, il m'a emmenée ici, à Goma, et il m'a loué cette maison qu'il se charge de payer chaque fin de mois. Mais je ne veux pas qu'il me bouffe ma liberté, bien que je me rende compte d'avoir noué une corde autour de mon cou en m'engageant avec lui. Voilà que je fais de la colocation avec ces filles de la nuit pour m'assurer un semblant d'indépendance financière et flatter enfin mon ego. Je ne veux pas te mentir, Bahari : avec le pouvoir que cet imbécile possède désormais, je suis devenue sa prisonnière, si ce n'est son butin de guerre. Il vient me cracher dessus quand ça lui chante. Il torture le moindre garçon de mon âge qui s'accroche à moi, il fait assassiner les hommes mariés qui ont le malheur de courir après mes formes. Je suis malheureuse, Bahari.

Je me doute qu'il plonge dans d'autres cuisses et il refuse d'utiliser des préservatifs, tu vois mon angoisse ? « Des gonflables », tu dis ? « Ces choses-là qui sont censées retenir l'enfant et les maladies d'en bas. » Au détail près… Mais en vrai, tu parviens à me tirer un rire, merci. « Il faut fuir s'il n'en veut pas ! Maman Jephté me l'a dit. » Ce n'est pas évident, ma sœur. Pour avoir l'esprit tranquille, tous les trois mois je me fais dépister pour le VIH, mais cela n'accentue que mon anxiété. Regarde comment j'ai maigri. Mon cœur n'est pas en paix. Je suis loin d'être en paix même quand le test est négatif. Je voudrais mourir d'autre chose, mais pas de cette maladie qui déshumanise, qui marginalise : nos amis, nos amants d'hier deviennent nos pires ennemis. Dieu sait que je finirai par l'attraper – si je ne l'ai pas eu la semaine dernière. C'est le résumé de mon existence, en gros. À présent que tu es au courant de tout, je voudrais qu'on n'en parle plus. Passons à autre chose. Dans trois mois et demi, selon le docteur, tu mettras au monde. Je serai là pour toi, que ça soit ici ou bien ailleurs, tu peux compter sur moi. Commençons par ta mère… Demandons à Facebook ce qu'il sait sur elle – il sait tout sur tout le monde, on peut même y trouver l'adresse physique du diable, si tant est qu'on cherche bien[1].

---

1. « Le profil des agresseurs sexuels s'est modifié au fil des années. Les viols sont aussi, désormais, le fait de civils, souvent d'anciens combattants ayant appartenu aux groupes armés ou aux FARDC (Forces Armées de la République démocratique du Congo), comme dans le Nord-Kivu, où 43 % des hommes ont combattu durant les guerres », *Le Monde Afrique*, « Même quand les conflits cessent, le viol se perpétue : en RDC, le fléau des violences sexuelles », 16 août 2021, par Coumba Kane.

30

Bahari-Bora remarqua dans la foulée que les filles de la nuit portaient un profond respect au jour de sabbat. Kabelya leur avait demandé de revoir leurs viles manières envers Bahari-Bora. Lorsqu'elle raconta un soir le récit de sa libération, n'omettant pas les grenades ni les kalaches, elle leur inspira un égard considérable, tout ce qu'elle méritait après compte. Étant donné que ses yeux, en pleurant, ne versaient plus que des larmes de joie dans les bras de sa sœur, son corps respirait la quiétude, le bonheur, et elle avait pris du poids. Une certaine Grâce – ainsi qu'elle se présenta – disait que ses cheveux avaient atteint une longueur adéquate pour les tresser. Elle se chargea de lui nouer des mèches.

La jeune fille eut l'air de grandir, de devenir une femme aussitôt. Sa peau rayonnait dès que le doux soleil d'ici l'enrichissait. On lui avait trouvé de longues robes pour femme enceinte au marché local. Kabelya, protectrice, hésitait à la laisser sortir. Elle promettait cependant de lui faire visiter tous les beaux lieux de la ville, une fois que son enfant compterait six mois, car, en attendant, elle devait la préparer mentalement aux indéniables et inévitables changements que son corps allait subir après l'accouchement. Bahari-Bora ne donnait pas l'air de s'en préoccuper. Elle continuait à manger de l'argile pour satisfaire les caprices de sa grossesse, même si le docteur lui disait que c'était la principale cause de ses maux d'estomac. Ce fut Grâce qui lui en procurait en cachette quand Kabelya baissait sa garde. Cette dernière sortait ses griffes, aiguisait ses dents et ses cornes dans la seconde où quelqu'un prononçait le nom de sa sœur retrouvée. Elle se pointait à vive allure et manquait rarement de crier sur tout et sur tout le monde, y compris sur la concernée. Les filles de la nuit secouaient la tête et bénissaient leur union officieuse : « Vous pouvez embrasser la mariée », s'écriaient-elles sur un ton moqueur.

Elles étaient sept, en comptant la propriétaire de la maison. Sept filles qui partageaient espoirs et craintes identiques. Un jour, Kabelya chuchota à l'oreille de Bahari-Bora de ne jamais toucher aux objets personnels à caractère tranchant de l'une des filles, et, après un instant, elle s'inclut dans ses sous-entendus. Entre elles, un potin circulait selon lequel Grâce avait « cueilli » un expatrié uruguayen travaillant pour le Programme alimentaire mondial, un certain « Javier Menendez », suspecté d'être porteur d'une maladie avilissante. Un brusque changement se produisit dans le comportement de Grâce dès que la rumeur se répandit dans la fumée – comme on dit, il n'y a pas de fumée sans feu –, elle devint pieuse et fut la première à se lever pour se rendre à l'église tous les dimanches matin, se rapprochant ainsi de Bahari-Bora.

Puisque personne ne prévoyait de sortir et que toutes étaient conscientes du désir ardent de Bahari-Bora de retrouver sa bienfaitrice sur terre, elles se posèrent au salon, chacune plongée dans son téléphone, parcourant des pages et des pages sur les réseaux sociaux – ces nouveaux dieux – à la recherche de son éventuelle empreinte. Le salon paraissait silencieux, mais c'était une illusion : tous les échanges se faisaient sur le groupe WhatsApp de la maison. Bahari-Bora, n'ayant pas encore de téléphone portable, était exclue de ces conversations. S'habitue-t-on à la solitude ? Elle ne parlait pas, mais elle ne semblait pas non plus s'ennuyer. Kabelya était installée seule sur un canapé, une jambe posée sur l'autre.

Publication de *243genine*, du 27 août 2013 :

« Mes chers compatriotes,

C'est avec un cœur lourd que je me tourne vers vous aujourd'hui pour évoquer la situation tragique qui sévit dans notre ville. Des jeunes filles, innocentes et pleines de vie, ont été enlevées alors qu'elles étaient sur le point de passer leurs examens de fin d'année. Au lieu de profiter de leurs vacances bien méritées, elles sont retenues loin de leurs familles, loin de leurs rêves.

Nous ne pouvons rester indifférents face à cette injustice. Nous exigeons la libération immédiate de nos filles. Peu importe où elles se trouvent, nous devons les ramener chez elles, en sécurité. C'est pourquoi je lance le hashtag #Libéreznosfilles, pour faire entendre notre voix et mobiliser l'attention sur cette crise humanitaire.

Nous avons des raisons de croire que ces enlèvements sont liés à une certaine Mathilde Utulivu, Rwandaise, qui utilise un prétendu orphelinat, « Les Soleils de Mathilde », comme couverture pour ses actes répréhensibles. Nous appelons les autorités à agir sans délai pour mettre un terme à ces atrocités et traduire les coupables en justice.

Mes frères et sœurs, c'est le moment d'agir. Nous ne pouvons pas rester les bras croisés pendant que nos filles sont en danger. Nous devons nous unir, faire preuve de courage et faire entendre notre voix. Partagez vos informations, mobilisez-vous dans vos communautés, et ensemble, nous pourrons mettre fin à cette tragédie.

Que la colère du peuple congolais soit entendue. Que justice soit rendue à nos filles disparues.

Ensemble pour la liberté et la justice,

Le génie de la nation »

Sarah : *il y a beaucoup de commentaires : la colère, l'indignation, et encore la colère. La publication a été aimée plus de mille fois.*

Rose : *il y a celui d'un certain Alex qui me semble pertinent.*

Kaka Bella : *intéressant, mais ne nous concerne pas.*

Rose : *il a beaucoup réagi, c'est vrai. Regarde la réponse qu'il a laissée à un certain Antoine Ilangira.*

Kaka Bella : *laisse-moi vérifier.*

Antoine Ilangira a commenté :

Mesdames et Messieurs,

Je vous implore de cesser vos accusations contre ma grand-mère. Elle a toujours fait passer ses enfants en priorité, au détriment même de sa propre famille. Vos paroles, votre insensibilité…

Alex a répondu au commentaire :

Mon frère, tes bonnes ondes me parviennent jusqu'ici. Je suis la nouvelle de très près et j'admire le courage qui te caractérise pour ainsi défendre le nom des tiens. Le monde n'a point besoin de gens qui parlent pour eux-mêmes et qui ont l'effronterie de s'auto-congratuler, de se qualifier de « génie », à l'instar de l'ignare qui a publié ce post. Non à la xénophobie, oui aux investigations : aux vraies investigations.

Nadine M : *en gros, on peut tenter d'entrer en contact avec ce fameux Antoine qui dit être le petit-fils de la dame.*

Rose : *tu vois que tu peux émettre une pensée logique quand tu veux.*

Kaka Bella : *attendez que je demande d'abord à Bahari si elle a déjà entendu ce nom.*

Kabelya posa son téléphone, essuyant les larmes qui s'échappaient de ses yeux à force de rire. Elle appela Bahari-Bora, qui se trouvait dans la cuisine :

— Hey, as-tu déjà entendu parler d'un certain Antoine Ilangira ?

Elle s'avança avec un verre d'eau à la main, intriguant ses amies. Dans cette maison, les filles avaient toutes l'habitude de boire directement à la bouteille.

Bahari-Bora répondit après avoir pris place :

— Vaguement… Ça me dit quelque chose.

Rose ajouta :

— Apparemment, c'est ton cousin ou quelque chose du genre. Il mentionne quelque part que ta mère est sa grand-mère. C'est trop compliqué, cette histoire.

Bahari-Bora haussa les épaules, nonchalante, comme si l'information ne la touchait pas particulièrement.

— Maman Mathilde évitait de nous parler de son autre famille. Elle nous disait un jour que celle-là la prenait pour une folle quand elle avait commencé à se rendre dans des hôpitaux pour chercher les enfants abandonnés. C'était avant d'ouvrir sa maison d'accueil – ça l'était au départ, avant de devenir un orphelinat.

Kabelya, saisissant son téléphone, proposa à Bahari-Bora de prendre les devants pour contacter le garçon dont le compte semblait toujours actif.

Bahari-Bora secoua la tête.

— Non. Fais-le, toi.

— D'accord !

— Quelle enquête, ouah ! On passe à table ? s'écria Éliane en se levant.

Elles signèrent tout de suite, les sœurs réunies par la vie. Ainsi fila la journée : dans l'harmonie, dans la provocation positive, dans la bonne humeur : c'était une belle sororité.

31

Il s'avérait que le jeune homme, Antoine Ilangira, avait élu domicile dans cette même ville. Il joignit Kabelya un soir par téléphone. Il se montrait avenant et de bonne foi. Il avait répondu à son message une semaine plus tard, ce qui laissait penser qu'il s'agissait d'un homme occupé. Et pour la première fois depuis longtemps, on évoquait le nom de sa grand-mère non sans une certaine gratitude. La jeune fille répétait qu'il se trouvait quelqu'un qui souhaitait la rencontrer de tout son cœur – dans la mesure où il pouvait leur fournir son adresse –, il voulait d'abord connaître l'identité de la mystérieuse personne.

— S'il te plaît, tu peux juste lui dire que c'est Bahari-Bora. Elle n'a pas hésité à faire ce long chemin depuis Beni dès qu'on lui a dit que maman Mathilde se trouvait ici, martelait Kabelya.

Lorsqu'il entendit Kabelya prononcer ce prénom, Antoine parut perdre sa langue, ses mots. Il commença à bégayer. Aurait-on dit que ça lui évoquait beaucoup, mais qu'il en connaissait très peu.

— Bahari-Bora, tu dis ? insista-t-il en retour.

— Oui, oui. C'est bien elle. Elle est ici. Je pense que si tu le lui dis, elle va forcément faire quelque chose.

— Elle est où ? demanda-t-il, curieux. Vous ne pouvez pas savoir… vous n'avez aucune idée de comment mémé en souffre.

Kabelya distinguait un profond chagrin dans la voix de son correspondant à l'autre bout du fil.

— Ici, avec moi. Nous sommes à Mont-Carmel. Vous pouvez venir si vous avez des doutes, ce que je comprends parfaitement, assura-t-elle. Elle en a vraiment besoin, je vous en conjure, monsieur Ilangira.

Le jeune homme soupira, semblant comprendre la situation.

— C'est vrai ?

Kabelya s'irrita, levant les yeux au ciel. Elle détestait l'insistance. Malheureusement pour elle, son entourage était rempli de personnes insistantes.

Antoine, ne recevant aucune réponse, raviva la conversation, ne serait-ce que pour maintenir l'espoir vivant. Même s'il savait dissimuler ses émotions, son cœur d'homme bouillonna à la suite de cette nouvelle.

— Mémé n'est plus trop en mesure de se promener, je regrette.

— Je suis désolée de l'entendre, dit-elle.

— Par contre, vous pouvez aussi bien venir chez nous. Venir avec Bahari-Bora, je précise. C'est incroyable. Je suis abasourdi.

— Elle viendra avec plaisir. Elle est impatiente. Vous êtes où ?

— Ah, nous avons une petite forteresse à Himbi, répondit-il avant de pousser un énième soupir.

— D'accord. Merci.

— Je vous en prie, appelez-moi Antoine. Vous ne savez pas ce qui est en train de se passer, si jamais tout ceci n'est pas une mauvaise blague.

— Je vous assure, c'est réel. J'aurais aimé vous la passer, mais elle est sortie. Elle revient très bientôt. Si vous rappelez dans une demi-heure, je crois qu'elle sera de retour.

— Ce n'est pas nécessaire, opina-t-il. Je vous envoie l'adresse.

— Merci.

— Une seconde. On vous attend le samedi après-midi ! s'écria-t-il.

— On sera là. Passez une très bonne soirée.

— Vous aussi, répondit-il avant de raccrocher.

Une minute à peine s'était écoulée lorsque quelqu'un frappa à la porte. Kabelya eut une intuition sur l'identité du visiteur à la manière dont les coups résonnaient. Elle prit une profonde inspiration pour vérifier l'état de son haleine en soufflant dans ses mains, puis se dirigea vers la porte et l'ouvrit avec prudence. L'homme qui se tenait là jeta un rapide coup d'œil à l'intérieur de la maison, comme s'il cherchait quelque chose ou quelqu'un à surveiller. Un frisson de panique parcourut Kabelya. Bahari-Bora pouvait arriver d'ici à deux minutes.

Ils se dévisagèrent, démunis. Leurs gestes se firent lents, hésitants, et un frisson hérissa leurs peaux d'un flot glacé. Il épousseta son pantalon au niveau des fesses en la fixant. Une douceur presque innocente flottait sur ses traits à l'idée de la revoir, de détailler la courbe de ses lèvres, l'arc de ses sourcils, le battement nerveux de ses paupières quand il la fixait dans les yeux. Mais son visage à elle demeurait figé, froid, marqué d'une tristesse oppressante.

Un front pâle, une ride lointaine qu'elle tentait de dissimuler. Et pourtant, quand il posa sa main gauche sur son épaule frêle, il sentit la brûlure d'un feu caché sous la glace, un corps vibrant, celui d'une femme dont le cœur battait naguère. Avant qu'il ne le brisât.

— Qu'est-ce qui ne va pas ? demanda l'homme en scrutant les recoins de la pièce. Tu es seule ?

Il n'appelait jamais avant de venir. Cela révélait un manque cruel de confiance en lui, malgré le pouvoir et la fortune dont il jouissait désormais.

— Rien. Tout va bien.

Kabelya prit ses distances, observant avec méfiance chaque geste de l'homme qui s'installait sur le canapé, les jambes écartées, en déboutonnant sa chemise.

— J'ai… J'ai mes règles. S'il te plaît.

Elle se sentit soulagée lorsque l'homme riva son attention ailleurs. Son mépris demeurait perceptible.

— Deux semaines seulement se sont écoulées depuis la dernière fois que tu m'as dit les avoir.

— Tu peux vérifier, si tu veux, dit-elle en faisant mine de remonter sa jupe.

— Va prendre une douche.

Kabelya en profita pour joindre Grâce, qui était censée être avec Bahari-Bora. Celle-ci ne décrocha pas. Sa soirée promettait d'être très longue.

32

Bahari-Bora, après sa consultation chez le médecin qui suivait dorénavant l'évolution de sa grossesse, décida sur un coup de tête de joindre les appels que lui lançait l'indomptable lac Kivu, malgré l'opposition de Grâce. Cette dernière n'eut d'autre alternative que de la suivre, ou plutôt de lui montrer le chemin. Redoutant la réaction de Kabelya, Grâce ne voulait pas qu'elles s'y rendent, mais Bahari-Bora savait être persuasive. Pendant tout le trajet, Grâce ne faisait que se plaindre, regardant par-dessus son épaule pour voir si Kabelya ne les espionnait pas. Finalement, elle posa son regard sur son amie, lui signifiant ainsi qu'elle rejetterait toute la faute sur elle si elles étaient découvertes. *Bel Océan* haussa les épaules, perdue dans ses pensées.

Elle soutenait son ventre, de peur qu'il ne tombe. Les passants indiscrets riaient de sa démarche, car elle avançait les jambes légèrement écartées, ce qui lui donnait une allure quelque peu singulière. Sa longue robe noire, ornée de dentelles dorées sur les manches, traînait dans la poussière, et sa posture paraissait fragile et déséquilibrée. Grâce retenait son souffle en murmurant quelques prières, tandis que Bahari-Bora sautait par-dessus un nid-de-poule sur son chemin, tout en maintenant fermement son ventre.

Sans la présence de Bahari-Bora, le trajet aurait paru bien plus court. Grâce, quant à elle, se souciait moins de la distance à parcourir. Dans certains endroits, elles croisaient des personnes satisfaites d'elles-mêmes qui se moquaient ouvertement de la grossesse de Bahari-Bora. Les femmes mariées la regardaient de travers, comme si son ventre arrondi, au regard de son âge apparent, incarnait le mal, la corruption, la honte, et toutes les disgrâces physiques et morales qui hantent le pays. Malgré cette hostilité, Grâce posait une main réconfortante sur l'épaule de son amie, lui montrant ainsi qu'elle n'était pas seule. Bahari-Bora avait honte de sa démarche difforme – qu'elle ne pouvait contrôler –, mais pas de son enfant. Ce dernier avait été son seul réconfort pendant longtemps, sa raison de vivre, la motivation derrière sa lutte pour surmonter les obstacles. Maman Mathilde avait réussi à lui inculquer un sentiment de gratitude profond envers la vie. Bahari-Bora bougea l'épaule sur laquelle reposait la main de Grâce pour qu'elle l'enlève.

Elle se tourna vers sa camarade avec un sourire.

— Ce qu'ils pensent de moi ne me caractérise pas. Tu n'as pas à t'en faire, dit-elle, alors que la fraîcheur de cette étendue grisâtre caressait tendrement son front.

Avant de répondre, Grâce chercha un endroit où se poser : elle ne voulait pas glisser et finir dans l'eau.

— Eh bien, ça, je l'ai compris ! Tu es une personne à imiter, vraiment, répondit-elle en s'asseyant sur le bon rocher et en plongeant ses orteils dans le lac.

Bahari-Bora était émerveillée par la beauté de cette étendue. Elle se sentait bien, en sécurité. Elle se disait qu'entre toutes les filles, elle pouvait faire confiance à celle-ci qui aimait jouer avec ses cheveux. Une question tourmentait tout de même son esprit. Une question qu'elle n'osait pas poser à Kabelya, de peur que son affection pour elle ne l'incitât à répondre uniquement pour la réconforter.

— J'ai quelque chose à te demander, dit-elle entre les clapotis des vagues.

Comme elle se doutait que la question de Bahari-Bora l'obligerait à considérer ses propres « pourquoi », elle tarda à acquiescer. On aurait dit qu'elle lui accordait sa permission par redevance envers Kabelya, la sœur qui les unissait.

— Je t'écoute.

Bahari-Bora remarqua l'hésitation de Grâce.

C'était un moment de contemplation paisible, alors que le lac Kivu s'étendait jusqu'aux lointains rivages. De l'autre côté, les lumières scintillaient, évoquant un monde différent. Au port de Goma, toujours animé, tous les regards étaient rivés vers un imposant navire arborant fièrement le drapeau de la République du Rwanda, qui venait juste d'accoster. Les passagers descendaient, se perdaient dans la foule excitée. Chacun retrouvait un être cher, s'embrassant chaleureusement, plongeant dans le cou de l'autre pour respirer l'odeur familière de l'être aimé, celui pour qui l'on vit.

— Je veux savoir – ne me dis pas ce que je veux entendre, je t'en supplie –, si tu étais à ma place, qu'aurais-tu fait de cette grossesse, qu'aurais-tu fait de cet enfant ?

Grâce savait que sa réplique n'était pas seulement une réponse à une question, mais un choix entre deux chemins de vie. Elle inspira profondément, rassemblant ses pensées, consciente de l'impact de ses mots.

Elle observait ce qui échappait à Bahari-Bora : à tribord, un groupe d'enfants se baignait dans le lac, domptant les vagues, en attendant que leurs mères grillent tous les maïs aux clients qui ne faisaient qu'affluer. Certaines préparaient des beignets à la pâte d'arachide, d'autres abordaient le monde aux alentours pour faire la promotion d'un commerce qui ne se situait pas forcément aux abords du lac. Au lointain bâbord, des pêcheurs s'apprêtaient à prendre le large à la belle étoile : des kilomètres et des kilomètres de filet se faisaient plier et jeter dans des cales sentant le poisson. Des hommes et des femmes, concurrents le jour et collègues face à l'immensité du monde maritime, clamaient leurs colères sur les précédentes tournées, insignifiantes par rapport aux années précédentes. Depuis peu, cela devenait une coutume de rentrer bredouille. Les incrédules martelaient que le monde entier était en train de subir un changement indélébile et ceux qui se revendiquaient « réalistes » opinaient, preuve à l'appui, que c'étaient les pêcheurs du camp rwandais qui leur escamotaient du poisson, étant donné qu'ils possédaient des moyens, des technologies et des bateaux qui rendaient les leurs ridicules. Les débats n'en finissaient pas. Se disait-il qu'il n'y avait pas fort longtemps, une vingtaine de pêcheurs congolais, dans leur quête de poissons, s'étaient aventurés au-delà de la frontière maritime congolaise, jusqu'à ce qu'ils se retrouvent au Rwanda. Deux jours plus tard, après que les stations kivuciennes avaient chanté leur disparition, on retrouva dix-huit corps en train de flotter sur l'étendue vibrante du lac, chacun percé de deux ou trois balles. Mais bon… les aventuriers du lac Kivu, s'étant faits des accolades, se souhaitèrent bonne chance.

Grâce finit par poser son regard sur Bahari-Bora, espérant qu'elle ait oublié la question qu'elle avait posée. Mais la patience de sa sœur montrait ses limites : ses pieds tapotaient nerveusement la surface de l'eau, produisant des ondulations qui déformaient les reflets des lumières provenant du ciel.

— Pour t'avouer une chose, Bahari : dans la maison, tout le monde évite de me demander mon avis sur un sujet, trouvant que je ne dis que le fond de ma pensée. Tu vois ?

Bahari-Bora bougea la tête.

— C'est pour cela que je te le demande à toi, répondit-elle avant d'appeler un enfant qui sortait de l'eau.

Le garçon accourut et reçut un billet de mille francs congolais de la part de Bahari-Bora.

— Apporte-nous deux maïs grillés, s'il te plaît ! s'exclama-t-elle.

Le garçonnet se précipita vers sa mère, qui leva son pouce en l'air pour signifier que la commande était passée, un sourire aux lèvres.

Grâce exprima son point de vue.

— J'étais en train d'analyser tous les paramètres... Si c'était moi, j'aurais interrompu cette grossesse, déclara-t-elle en expirant profondément.

Bahari-Bora saisit à la dérobée son ventre, car son enfant venait de réagir. C'était comme s'il était au courant que quelqu'un parlait de lui. Elle gloussa, se sentant en connexion avec ce petit être en devenir.

— Pourquoi ? Je veux dire : à cause des circonstances, ou malgré les circonstances ?

C'était ce que Grâce craignait dès le début.

— Les deux. J'ai vingt-deux ans et je ne me sens pas prête à prendre soin d'un enfant. Je n'ai rien, je ne suis la fille de personne. Dans le travail que je fais, je peux tomber enceinte, c'est vrai. C'est d'ailleurs l'un des risques de mon métier. S'il arrivait que je le sois encore une fois, je n'hésiterais pas à avorter si le père n'a pas beaucoup, genre beaucoup, de moyens pour que j'arrête dans la foulée ce travail. Tout ceci est un film, c'est dans ma tête. Au grand jamais un homme, tel qu'ils se livrent à moi, n'accepterait de porter la charge de la grossesse. Alors, je vis sur terre, Bahari, conclut-elle.

Le garçon se pointa avec les maïs, se brûlant les mains. Il les donna à Bahari-Bora, dit merci et replongea aussi vite dans le lac, en ne manquant pas de se vanter auprès de ses copains d'avoir vendu quelque chose. Sa mère alimentait son petit brasero à l'aide d'un morceau de carton. La turbulence de son fils l'insécurisait. Elle devait avoir les yeux sur les voleurs qui rôdaient et sur lui.

— Je voulais avoir une raison de vivre, soupira Bahari-Bora avant de tenter d'arracher quelques graines encore trop chaudes.

— Maintenant tu l'as trouvée ? demanda Grâce qui avait une vague idée de la réponse.

— Fonder une famille. J'ai toujours voulu avoir une famille à moi, dit-elle, un soupçon de passion dans la voix.

Grâce possédait une litanie d'arguments pouvant briser son nuage – c'est ainsi qu'elle considérait le rêve de Bahari-Bora – et son moral. Elle se contenta de glousser, l'air de dire qu'aussi longtemps que des poumons se gonflent d'air, il reste un peu d'espoir sous le soleil. Elle laissa la joie illuminer son visage alors qu'elle partageait ce moment avec Bahari-Bora, savourant chaque bouchée de son maïs grillé.

— C'est trop bon ! s'écria-t-elle.

— Vraiment, ça faisait un bail. Je me sens bien.

— On en emporte pour les autres ? Tu vois qu'il n'y a que des enfants qui se fâchent pour un rien dans cette maison.

Bahari-Bora observait la ville défiler par la fenêtre du taxi, saisissant l'énergie vibrante qui animait chaque coin de rue. Cette ville lui donnait l'air d'être une contrée lointaine, à l'opposé de son chez-soi familier. Ici, les gens étaient imprégnés d'une joie de vivre contagieuse, comme si la chaleur du volcan local réchauffait les cœurs de tous. Les rues étaient animées de restaurants, de bars et de karaokés, où la musique de la rumba congolaise faisait danser hommes et femmes jusqu'à l'extase. Bahari-Bora se surprenait à envisager l'éventualité d'élever son enfant dans cet environnement dynamique. Peut-être que, quelque part dans cette ville, se trouvait Mawingo.

Lorsqu'elles arrivèrent à la maison, Grâce reconnut immédiatement le véhicule garé sous l'arbre. Alors qu'elles s'apprêtaient à frapper à la porte, Bahari-Bora fut surprise de se retrouver nez à nez avec le colonel Daniel Matabaro, qui venait de l'ouvrir pour partir. Certains visages restent gravés dans la mémoire pour toujours.

33

La tension était palpable. Même le vent, redoutant d'être emporté telle une victime collatérale, s'était réfugié parmi les feuillages, laissant les arbres danser à sa guise. Il observait la scène depuis les hauteurs, lâche. Grâce restait scotchée, cherchant à percer le mystère de cette intrigue. Ses yeux se posèrent sur le dos de Bahari-Bora, de marbre devant le colonel Daniel Matabaro, tout aussi immobile. Derrière lui, la silhouette de Kabelya se dessinait, sa main était plaquée sur sa bouche, ses yeux écarquillés. Elle respirait fort, manquant de s'étouffer. Puis vint le moment de vérité : le colonel Daniel Matabaro tourna la tête, Kabelya détourna la sienne, et enfin il posa les yeux sur le ventre de Bahari-Bora, qu'elle soutenait désormais de ses deux mains.

Il rompit le silence, en adressant un sobre « Bonsoir, madame », accompagné d'un signe de tête pour marquer son salamalec.

Bahari-Bora scrutait toujours le visage de l'homme. Elle était sous l'emprise d'une force invisible.

Grâce réagit promptement, saisissant Bahari-Bora par le bras pour la ramener à l'intérieur de la maison.

— Entrons, il commence à faire froid dehors, déclara-t-elle, cherchant à mettre fin à cette situation tendue.

Kabelya se sentait piégée. Elle se demandait ce que le colonel dissimulait derrière son attitude imperturbable. Peut-être, l'espace d'un instant, se prit-elle à penser qu'il avait pu oublier le visage de Bahari-Bora, mais elle chassa vite cette idée naïve. Un homme tel que lui ne pouvait pas oublier une jeune fille qui avait été forcée de se dévêtir devant lui. Mais combien de fois avait-il été témoin de telles atrocités ? Et cela remontait à cinq ans déjà. Était-ce à cause de son nouveau visage ? Ou bien à cause de sa grossesse ? Ces questions tourbillonnaient dans l'esprit de Kabelya alors que le colonel lui adressait un simple « Au revoir ». Elle ferma les yeux, invoquant le nom de Dieu dans une prière silencieuse, malgré son agnosticisme.

Elle se précipita dans la maison à la seconde où la voiture du colonel filait. Elle se dirigea à vive allure dans le salon. Bahari-Bora n'y était pas.

— Où est-elle ? Où est-elle ? répéta-t-elle en tournoyant sur elle-même. À quoi sert ton téléphone, putain, Grâce !

— Relax, meuf ! Elle est partie dans la chambre… dans ta chambre, répondit-elle en s'attaquant aux maïs qu'elle disait avoir achetés pour les autres.

Kabelya courut vers sa chambre. L'eau coulait dans la douche et la robe de Bahari-Bora était abandonnée sur le sol. Elle s'assit sur le coin du lit, prit sa tête entre ses paumes, et attendit que sa sœur sorte de la salle de bains. Mais le temps semblait s'étirer sans fin, et son amie ne sortait toujours pas.

Elle cachait ses pleurs derrière le bruit de l'eau qui s'écoulait. Son estomac se contractait violemment. Elle s'accroupit, son front sur le rebord de la baignoire, et finit par vider le contenu de son estomac. Inquiète, Kabelya fit irruption dans la pièce.

— Bahari… chuchota-t-elle, marchant sur la pointe de pieds.

Bahari-Bora lui tourna le dos pour dissimuler ses larmes. Elle se sentait honteuse de pleurer devant Kabelya. Les veines sur son ventre paraissaient plus visibles à travers l'eau qui ruisselait sur sa peau.

— J'ai voulu vous prévenir, mais cette… Grâce ne décrochait pas, ajouta-t-elle pour sa défense.

Kabelya sentait que Bahari-Bora lui en voulait, et elle avait raison. Doucement, elle s'approcha et posa sa main sur son épaule mouillée et dénudée.

Kabelya murmura d'une voix lointaine et incertaine :

— Je ne pense pas qu'il se souvienne de toi.

Bahari-Bora s'indigna, repoussant son amie non sans violence.

— Et moi, alors ! Tu penses que je peux l'oublier ?

Kabelya chercha le regard de son interlocutrice.

— Je n'ai pas dit ça.

Bahari-Bora parut encore plus irritée par ses paroles.

— Je n'ai pas dit ça, Bahari, réitéra-t-elle.

La jeune fille explosa en sanglots. Une douleur indicible émanait de sa poitrine. Elle pleurait de toutes ses forces, elle dégageait une rage à faire tressaillir le diable. Kabelya, sans réfléchir une seconde, se jeta dans ses bras. Elle ferma les yeux et la serra très fort, tellement fort qu'elle perçut la symphonie de ses deux cœurs. Son corps était brûlant. Elle connaissait la seule chose capable de réguler son rythme cardiaque.

— J’ai eu Antoine au téléphone après ton départ, tu sais ?

Bahari-Bora se détacha d’elle brusquement.

— Il sait où est maman Mathilde ? demanda-t-elle.

Kabelya se mit à frotter chaleureusement son dos.

— Avec lui, sourit-elle. On a pris rendez-vous pour ce samedi. J’ai son adresse.

Contrairement à la réaction que Kabelya espérait, Bahari-Bora ne réagit plus, elle ne dit plus rien : l’émotion la dépassait.

Sortant de la douche, elle enfila une robe de nuit en laine et se coucha. Lorsque Kabelya voulut regagner le salon, elle lui demanda de rester. Elles s’endormirent en cuillère, blotties l’une contre l’autre jusqu’au bout de la nuit.

34

3 h 03. Allongée, les membres raides, Bahari-Bora essaie de bouger, mais son corps reste immobile contre ce lit qui lui semble aussi froid qu'une pierre.

Face à elle, Al Saïd apparaît, sorti des ombres. Ses pupilles luisent d'une froideur sadique, un sourire se dessine lentement sur son visage – déformé, sinistre. Il s'approche d'elle. Elle le fixe, paralysée. Il se tient à présent si près qu'elle pourrait sentir l'odeur de sa peau. Elle voudrait détourner le regard, mais il la retient, la dévore de ses yeux glacés.

Puis vient la douleur d'une parturiente. Viscérale, implacable. Bahari-Bora se tord, le corps secoué, déchiré. Ses contractions l'emprisonnent un peu plus dans ce cauchemar. Elle se bat, mais ses forces la trahissent, comme si l'enfant en elle, au lieu de lui donner vie, ne faisait que la vider de toute son énergie.

Enfin, elle sent l'enfant se faufiler, et dans un dernier souffle, elle baisse la tête, le cœur serré. Mais au lieu d'un cri de nouveau-né, c'est un visage qu'elle découvre – son propre visage, pâle, avec des larmes cristallisées qui marquent ses traits, des cicatrices gravées dans sa chair. Son double la dévisage, brisé, ses pupilles vidées de toute lumière. Bahari-Bora tente de reculer, de fuir cette vision d'elle-même, or son corps reste pris dans ce cauchemar, enlacé par des lianes invisibles.

Le hurlement reste coincé en elle lorsqu'elle ouvre finalement les paupières. La chambre la retrouve, mais le rêve la tient encore dans sa toile. Elle est couverte de sueur, tremblante. Au bord de son lit, agenouillée, Kabelya murmure des prières. Sa voix douce, ferme, traverse l'obscurité, un baume sur les plaies de son amie.

Bahari-Bora se rendort, écoutant la supplication de Kabelya. Petit à petit, la terreur reflue.

35

Deux jours plus tard, Kabelya dormait quand la voix de Bahari-Bora parvint à la tirer de son sommeil. Elle pensait rêver en l'entendant devenir peu à peu virulente, aigre, condescendante : ce qui ne lui correspondait pas. Elle semblait se disputer avec quelqu'un, mais Kabelya ne comprenait pas tous les mots qui sortaient de sa bouche. Pensant qu'une fille s'en prenait à elle, son cœur se remplit de rage. Elle était prête au combat. Elle se rhabilla à une vitesse ahurissante et se hissa hors de son lit dans un même mouvement, avec l'objectif de casser des dents. Cependant, elle se souvint qu'aucune de ses amies ne l'avait jointe au téléphone pour ouvrir la porte. Elle jeta un coup d'œil sur l'écran : il était 5 heures passées. Le fait qu'aucune fille de la nuit ne soit encore revenue renforça sa détermination à fracasser la gueule de celui qui fâchait sa sœur.

Lorsque Kabelya arriva au salon, elle fut saisie d'une vive émotion qui faillit lui faire perdre son sang-froid.

— Je les ai tués ! Je les ai tous tués ! hurlait Bahari-Bora, s'arrachant les cheveux.

Le colonel s'était pointé en tenue militaire. Il ignorait tout du caractère de celle qu'il tentait d'intimider. Il se tenait là, sur sa stature imposante, et Bahari-Bora s'agitait autour de sa masse – un peu comme un coucou autour d'un éléphant d'Afrique –, lui faisant comprendre qu'il lui faudrait recourir à la triche, à une méthode peu commode pour l'achever. Elle avait auprès d'elle une cafetière qui bouillonnait. Si elle ne portait pas un enfant, elle la lui aurait lancée à la figure à la seconde où il avait frappé à cette porte.

Il voulait vérifier la véracité des dires de la jeune fille. En voyant Kabelya s'indigner, il ressentit de la honte pour avoir menacé une femme enceinte. Lui-même était pris de peur, tandis que Bahari-Bora tremblait de colère, accablée par le désir oppressant de commettre un meurtre.

— Hé, calme-toi. Je suis venu en paix, martela-t-il, ses mains tendues vers l'avant alors qu'il reculait, cherchant le soutien de Kabelya.

Cette dernière s'accroupit, sa tête tournait. Il manquait peu de chose pour qu'elle retourne se coucher.

— Je n'ai pas peur de toi. Sale assassin ! jura Bahari-Bora en se dirigeant dangereusement vers le colonel, sans considérer le poids de son ventre.

Sa sœur se plaça entre les deux. Le colonel pouvait lire dans ses yeux une question implicite : était-ce vraiment nécessaire de venir ici pour ça ?

— Écoute, je suis un autre homme maintenant. Dis-lui, chérie (Bahari-Bora fit semblant de vomir). Tu sais bien que depuis que je suis dans cette armée, je n'ai jamais pris part à la guerre. Je ne dors pas, j'ai conscience que cet imbécile d'Al Marid est capable de me faire tuer à n'importe quel moment.

Son interlocutrice avait les bras croisés depuis qu'il avait ouvert la bouche et tapotait sa jambe à un rythme régulier, comme un automate. Bahari-Bora respirait rapidement, aucune larme dans les yeux. Ses sourcils étaient froncés.

— Tu peux dormir sur tes deux oreilles, dit Kabelya, inexpressive.

— Comment ? demanda-t-il, haletant.

Kabelya fit comprendre à sa sœur qu'elle allait s'en occuper : celle-ci la dédaigna, la toisa. Puis se tourna vers le colonel.

— Tout ce qu'elle t'a dit est vrai. Il y a plusieurs mois de cela, les filles qui restaient se sont échappées grâce à Bahari.

Il s'éleva sur le bout de ses bottes pour fixer Bahari-Bora, cachée derrière Kabelya.

— Je te dois la vie, petite. Dis-moi comment elle a fait, demanda-t-il à Kabelya, l'air incrédule.

— Il est mort, putain ! Peu importe comment, s'écria-t-elle. Et si tu veux savoir : sa dépouille était eunuque.

Il soupira et courba le dos.

— Je ferais tout ce que tu voudras. Je te dois un service, dit-il sans regarder Bahari-Bora en face.

Bahari-Bora s'assura que leurs yeux se croisent – cela prit le temps qu'il fallait –, puis elle cracha par terre et prononça mot après mot :

— Si j'avais su que tu serais un jour devant moi, toi, à me dire toutes ces imbécillités, je jure devant les cuisses qui m'ont poussée dans ce monde pour ensuite m'abandonner que j'aurais plongé sur ce diable avec ma grenade. Tu sais quoi, je ne te hais pas. Tu n'es rien pour moi. Je préférerais mourir plutôt que de t'adresser la parole pour te demander un service, même si tu devenais président de la République.

Le sang de Kabelya se glaça, comprenant que c'était par pitié que cette fille retenait ses coups lorsqu'elle lui rendait la vie dure à l'école. Elle eut soudain peur d'elle. Le colonel ravala sa fierté. Son ego venait d'être crucifié devant celle qu'il prétendait aimer. Il prit congé et promit à Kabelya de la prévenir la prochaine fois qu'il viendrait. Personne ne l'accompagna cette fois-ci. Alors qu'il s'éloignait, Kabelya tira sur un rideau pour faire entrer la lumière : elle aperçut deux militaires en tenue civile qui attendaient dehors, rôdant autour de la maison comme des vautours – en cas de meurtre, l'opinion publique aurait dit que c'était un cambriolage qui avait mal tourné. Elle ne vit pas l'intérêt de partager cette information avec Bahari-Bora.

— Il n'y a plus de raison d'avoir peur. Tu verras ta mère demain, lui dit-elle lorsque le soleil se leva.

36

Le quartier huppé de Himbi, situé dans la ville de Goma, offrait un cadre paisible à quiconque attachait de l'importance à la tranquillité. Les bruits de la ville ne parvenaient pas jusqu'ici. Les filles, cherchant le numéro indiqué par Antoine, étaient escortées par des rossignols. Ils sautaient d'un eucalyptus à un autre, leurs complaintes ravissant les oreilles de Kabelya. Bahari-Bora était présente sans l'être vraiment. Son cœur battait entre ses mains, redoutant une mauvaise surprise, un vent mauvais – pareil à celui qui avait soufflé ce jour-là avec Rema. Elle contenait son impatience. Elle avait appris une leçon de vie : ne s'attendre à rien, c'était déjà s'attendre à beaucoup. L'avenue était calme, seulement perturbée par le passage d'une moto.

Kabelya avançait, les yeux fixés sur son téléphone, l'air perdu. Le soleil de l'après-midi était accablant, le ciel dégagé.

— Sérieux, j'en ai marre de tourner en rond, laisse-moi l'appeler, se résolut-elle.

Bahari-Bora était épuisée. Un mouchoir en papier à peine utilisé, elle le passait sur son front pour essuyer la sueur.

— Franchement… dit-elle en s'asseyant sur le bord du trottoir alors que Kabelya tapotait sur le contact. Dépêche-toi, sinon on va griller ici.

À l'autre bout du fil, Antoine Ilangira décrocha immédiatement. Il perçut l'essoufflement dans la voix de son interlocutrice.

— D'accord, ne raccroche pas. Je viens vous chercher, répondit-il.

Bahari-Bora se releva en époussetant son derrière. Ses yeux se baladaient sur toutes les clôtures aux alentours, comme si elle voulait deviner dans laquelle émergerait son sauveur – il l'était vraiment. On entendait le jeune homme marcher à l'autre bout du fil et dire à quelqu'un : « Dis à mémé qu'elles sont là. » Le cœur de Bahari-Bora explosa. Elle enfouit sa tête dans ses mains, expirant longuement par la bouche.

Il était évident que c'était lui. Décontracté, il tenait son portable près de son oreille tout en scrutant les recoins de l'avenue. Lorsqu'ils se virent, il rangea son appareil dans la poche de son pull noir, orné en son centre des initiales d'une université de la Ivy League, et s'avança rapidement vers elles.

— Bonjour, c'est moi, Kabelya, se présenta-t-elle, souriante.

Ils se serrèrent la main. Svelte, assez beau garçon, pensa Kabelya. La timidité de Bahari-Bora l'emporta sur son impatience, sur sa joie. Elle se retenait de pousser un cri sourd.

Heureux de faire sa connaissance, Antoine la pointa du doigt et lui demanda :

— Bahari, je peux te prendre dans mes bras ?

C'était plus une invitation qu'une demande. La jeune fille hocha la tête. L'étreinte fut brève mais significative, une éternité. Le jeune homme enveloppa tendrement Bahari-Bora. Hésitante au début, elle finit par entourer le garçon des siens. C'était la deuxième fois qu'elle se laissait aller à un tel geste avec un homme autre que Mawingo. Pendant ce temps, Kabelya, en véritable paparazzi, captura l'instant qu'elle publierait plus tard sur ses réseaux, accompagné du hashtag « retrouvailles ».

— Quel bonheur de te rencontrer enfin ! dit-il en les invitant à le suivre. Ma grand-mère m'a souvent parlé de toi. Ton nom revenait sans cesse sur ses lèvres…

Il leva les yeux vers le ciel avant de continuer :

— Les choses ont changé. Elle a besoin de nous tous, maintenant plus que jamais.

Il donnait l'air de la préparer à une sorte d'évidence. Bahari-Bora ne dit rien, se contentant de l'écouter parler en le suivant.

Kabelya, tout comme Antoine, s'étonna de voir Bahari-Bora, jusqu'alors calme, sauter des meubles en direction de la véranda : l'amour l'attirait. Elle accélérait le rythme de ses pas et haletait, à bout de souffle. Elle se tenait là, la gardienne de sa vie sur terre. Bahari-Bora s'effondra sur ses jambes. Antoine fit remarquer à Kabelya qu'elles ne lui avaient pas laissé le temps de tout leur dire. Maman Mathilde était enveloppée jusqu'aux pieds dans un pagne vert orné de motifs traditionnels présentés dans un certain ordre. Sa tête était penchée vers la gauche, elle fixait le jardin sans cligner des paupières. Des fleurs multicolores émergeaient du sol et perdaient leurs feuilles au gré d'une légère brise dans la cour. Les pétales jaunes et rouges retombaient presque en apesanteur, défiant la gravité. Ses mains, enveloppées dans le pagne, ne s'étaient pas posées sur sa bien-aimée, et ses jambes ne montraient aucun signe de vie, figées et amaigries. Où était passée la vivacité de sa maman ? Ses cheveux grisâtres succombaient aux ravages du temps : elle en perdait chaque matin.

Bahari-Bora, esquissant un brusque mouvement, sursauta en voyant la chaise de sa mère reculer. En effet, le pagne dissimulait les roues de celle-ci. La jeune fille, sans voix, se tourna vers Antoine, le cœur ivre de chagrin. Campée dans la même position, maman Mathilde versait des larmes : c'était tout ce qui lui restait pour communiquer. Bonté divine ! Elle regardait la chair de sa chair du coin de l'œil. Ses lèvres tremblotaient, tandis qu'une coulée de morve émanait de l'une de ses narines. Bahari-Bora distinguait dans la profondeur de l'âme de sa mère que sa présence lui faisait plus de mal que de bien, car elle mourait que le triste destin l'empêchât d'exprimer cette joie indicible qui dardait dans son cœur : sa fille était revenue d'entre les morts ! On observait le combat qu'elle livrait en ce moment même contre son cerveau, contre tous ses muscles, résignée et démunie. Elle implorait une accalmie pour ne serait-ce qu'avoir le privilège de caresser un cheveu de sa fille, après seulement, elle s'éteindrait en paix. Quand cesseraient nos pleurs, nos peurs ? Quand la terre de nos ancêtres nous serait-elle agréable ? Ses globes oculaires bougeaient de gauche à droite, scrutant les changements physiques de celle qu'elle a jadis lavée, et, tombant sur le ventre de cette dernière, elle poussa – avec toute sa détermination, toute sa rage, sa dernière volonté – un pleur assourdissant, tumultueux. Inquiet, son petit-fils se jeta dans ses bras, l'enserra aux côtés de sa cousine en frottant leurs dos à toutes les deux. Kabelya s'incrusta aussi, belle.

37

La vie avait frappé maman Mathilde de plein fouet, mais elle était résiliente, refusant de se laisser abattre. Même si elle ne pouvait pas parler, chacun pouvait facilement lire dans ses yeux la gratitude, l'espoir et la force. Bahari-Bora se souvenait que sa mère détestait la plainte et maintenant, malgré son état, elle inspirait à la jeunesse présente un sentiment de détermination et même de rage, les encourageant à renaître de leurs cendres, à surmonter tous les obstacles sur leur chemin.

Pour l'occasion, Antoine avait aménagé un espace dans le jardin, disposant des chaises autour d'une table en plastique, de manière que chacun puisse surveiller sa grand-mère tout en partageant un repas. Bahari-Bora nourrissait sa mère avec une purée de pommes de terre, une fonction qui lui revenait compte tenu de l'importance de l'événement, et Antoine n'y voyait aucune objection.

— Dis, Antoine, depuis combien de temps maman est dans cet état ? demanda Bahari-Bora en retenant la cuillère entre les lèvres de cette dernière, distraite.

Antoine était en train de partager du jus de maracuja fait maison dans leurs verres. Il laissa à Kabelya cette tâche avant d'apporter une réponse.

— Depuis 2016, il me semble. Elle a toujours eu l'espoir de te retrouver. Elle me disait jour et nuit que tu t'en sortirais. Elle t'a suffisamment entraînée à survivre dehors, me disait-elle quand j'étais plus inquiet qu'elle. Ce qui lui a porté le coup fatal, entre autres, ce sont toutes ces fausses accusations, toute cette haine gratuite. C'était un AVC surprise. J'avais compris qu'elle était plus tourmentée par ce qui t'était arrivé qu'elle ne le montrait vraiment.

Bahari-Bora lui essuya la bouche avec son pouce gauche, la regardant dans les yeux. Elle semblait reconnaissante pour tout, maman Mathilde.

— Je suis allée chez nous… Tu t'es déjà demandé comment notre maison a pu laisser place à une église ? questionna-t-elle.

Kabelya écoutait avec attention, savourant chaque gorgée de jus. Elle retenait le liquide sur sa langue, laissant ses papilles s'imprégner de cette saveur délicate. Malgré les émotions et les circonstances, elle se sentait étrangement bien, sans éprouver le besoin de porter des jugements ou des plaintes.

— Ramazani. Ce prétendu pasteur est un sorcier. Il a toujours convoité cet espace, ce n'était un secret pour personne. Je pense que vous étiez trop jeunes pour comprendre tous les combats que mémé menait toute seule, en silence. Il a simplement contribué, avec ses prédications haineuses, à amplifier les rumeurs jusqu'à ce qu'elles parviennent aux oreilles du gouverneur, et vous connaissez la suite, opina-t-il.

Bahari-Bora était d'accord. Elle insista en replongeant la cuillère dans le bol fumant :

— Cette dame, la femme du pasteur, elle n'a cessé d'accuser maman pour tous les malheurs qui leur sont arrivés.

Kabelya s'indignait des allégations de la femme. On aurait dit qu'elle la détestait sans la connaître.

— Ah, donc elle est toujours en vie ? l'interrogea-t-il, l'air surpris.

Elle acquiesça sans trop saisir le sens de la question.

— Elle a insinué qu'une personne envoyée par maman l'avait empoisonnée, et qu'il y a quelques années quelqu'un avait tiré sur son mari.

Antoine leva les sourcils et se mit aussitôt à manipuler son téléphone en grinçant des dents.

— Peu importe, peu importe. Il n'y a pas de fumée sans feu. On ne fait pas ça à ceux qui ne le méritent pas, n'est-ce pas ? Sais-tu avec quelle brutalité ils ont chassé ta famille de la maison ? s'écria-t-il, affecté, effaré.

Après avoir été fusillé d'un coup d'œil par sa grand-mère, le petit-fils contrôla le rythme de sa respiration et recouvra son calme.

— Je pense à Mawingo tous les jours, maman, murmura-t-elle timidement. Je le recherche aussi, *si juwe iko wapi*, j'ignore où il se trouve.

La garante de sa vie sur cette terre, d'un signe de tête à son petit-fils, lui accorda l'autorisation de répondre. Kabelya fut convaincue que c'était cette femme forte et indépendante qui s'incarnait dans Antoine pour s'adresser à Bahari-Bora, apaisant ainsi son cœur.

— Mawingo, je le connais. Mémé, en acceptant mon aide, m'a donné toutes vos photos. Avec des contacts que je m'étais faits dans la rue en rendant service ici et là, euh… De bonne mémoire, Mawingo n'avait d'autre choix que de s'allier à un groupe d'enfants des rues pour survivre après la fracture familiale – comme les autres d'ailleurs –, jusqu'au jour où j'ai appris qu'il s'était fait arrêter et enrôler de force dans l'armée. Il doit être à Kinshasa à l'heure qu'il est, conclut-il.

Démunie, Bahari-Bora plongea ses yeux dans ceux de Kabelya. *Ce n'est jamais fini dans ce pays*, pensa-t-elle.

— Il est dans l'armée, tu as dit ? insista Kabelya.

— C'est exact, j'en suis sûr à cent pour cent. Je connaissais le chef de son groupe, un certain Serge quelque chose, confirma-t-il.

— Rema ? s'écria Bahari-Bora.

— Je pense bien. Un chic type, mais pas épargné par la vie. Il a bon cœur, un vrai leader, celui-là.

— Kabelya le connaît aussi, dit-elle sur un ton taquin.

Maman Mathilde rivait les yeux sur Kabelya, qui donnait l'impression d'avoir une éventuelle solution pour le cas Mawingo.

— Je connais quelqu'un de puissant dans l'armée qui peut nous le ramener ici en un rien de temps et sans aucune tracasserie, *ni kweli mina ba ambiya*, je vous promets que c'est vrai. Il suffit de lui fournir l'identité complète du garçon et de lui dire, surtout, dans quelles circonstances il a été enrôlé, finit-elle en évitant de croiser les pensées de sa sœur. C'est à vous de voir.

De nouveau, les lèvres de maman Mathilde se mirent à trembloter. Elle n'avait pas besoin de mots pour que l'on comprenne à quel point elle lui exprimait sa reconnaissance, sa valeur adorée.

Mémé regarda Antoine avec insistance, puis elle fixa Bahari-Bora. Le jeune homme, connaissant toute l'histoire, percuta. Il rigola avant de dire :

— Ah, Mawingo revient, mais il est hors de question que vous vous mariiez, poursuivit-il en un ricanement contagieux.

— On va se marier, maman ! rétorqua Bahari-Bora, pleurant des larmes de joie.

— Moi-même, je suis la demoiselle d'honneur ! s'exclama Kabelya. *Zawadi yangu*, mon trésor.

— *Na miye*, et moi, le témoin ! ajouta Antoine.

Ils pouffèrent de rire. Mémé plissa les paupières sans que personne le remarque : c'était une première étape sur le long chemin de la guérison. Par respect, Bahari-Bora rentra avec sa sœur et promit, sur la vie de son enfant, de venir prendre soin de sa mère tous les jours jusqu'à son accouchement.

Ce même soir, Kabelya envoya l'identité complète de Mawingo au colonel Daniel Matabaro, accompagnée d'une photo. Elle ne manqua pas d'ajouter des détails poignants de l'histoire qu'on lui avait racontée. « C'est noté. Le soldat Mawingo sera là d'ici un mois », écrivit le colonel. « Ce n'est pas un soldat. C'est juste un enfant que vous voulez sacrifier, comme si sa vie rachèterait les millions d'autres qui n'ont même pas de sépulcres dans ce pays », répondit-elle en précisant que le jeune garçon devait être là avant que Bahari-Bora n'offrît à son enfant la lumière du jour.

Bahari-Bora, de son côté, épancha son cœur dans une lettre adressée à son jeune amour, pressentant que le lendemain aurait indéniablement son lot d'inquiétudes.

38

Mawingo,

J'aimerais que tu saches qu'une larme s'est échappée de mon œil en t'écrivant ces quelques mots. Je l'ai aussitôt écrasée avant qu'elle ne foule la surface et ne détruise tout ce que j'ai pu écrire. J'aurais aimé que tu voies à quel point j'ai grandi. Tu te souviens peut-être qu'hier encore je demandais à maman Mathilde de m'acheter un tricycle pour parcourir le quartier, même sous les balles. Je t'avoue qu'aujourd'hui, c'est moi qui suis sur le point de lui offrir le plus beau cadeau du monde en faisant d'elle une grand-mère, une fois de plus. Elle mérite le bonheur. Tu ne mérites pas de te sentir coupable.

Lorsque je m'isole, perdue dans les souvenirs que je garde de toi, je me surprends à sourire comme une idiote. Mais ce trou béant que je ressens dans mon cœur engloutit mon âme. Alors j'esquisse un délicat sourire sur mes lèvres, et mon cœur, noyé dans la rivière de mes tourments, cesse de battre. Tu me manques, Mawingo. « Une femme ne pleure pas », répétait notre mère, tu t'en souviens. J'ai envie de te dire que notre maison, c'est là où on se retrouve ensemble, les yeux dans les yeux, qu'il y ait de quoi manger dans nos assiettes ou non. C'est une leçon que j'ai apprise de la bouche d'un enfant qui me faisait penser à toi. Reviens, bel amour. Reviens parce que tu fais partie de ma famille. Reviens parce que j'ai besoin de toi, j'ai besoin de te savoir tout près de moi. Je n'ai pas encore choisi de prénom pour mon enfant, je veux que ce soit toi qui le fasses. C'est un garçon.

J'expédie ce message à la poste du ciel, en espérant que tu le recevras. Un jour, peut-être. Toi que j'aime, tu le verras luire comme une étoile filante dans ce même ciel que nous contemplons. L'étoile t'indiquera ma position dans l'espace.

Le vent qui souffle dans ton sillage te souhaite une bonne chance de ma part.

Avec bien des compliments,

Ton Bel Océan

Épilogue

Que sa bravoure demeure gravée dans les constellations du ciel, comme un chant sempiternel pour toutes les mères, les sœurs, les femmes qui, jour après jour, donnent leur force, leur corps et leur âme, pour qu'une vie nouvelle jaillisse au milieu de la douleur.
Qu'elle rejoigne celles qui, dans les ruelles du grand Congo, avancent sous le poids des violences, les mains pleines de courage, et demandent à la terre des miracles pour leurs enfants, afin qu'ils apprennent à sourire.
Qu'elle soit le souffle des femmes d'Afghanistan, celles à qui l'on refuse même le droit de se parler, de respirer, celles qui dans l'ombre partagent une lueur de révolte, une étincelle de lumière sous la chape du silence.
Qu'elle porte l'écho des voix brisées mais vivantes, un espoir qui grandit malgré les chaînes, malgré l'interdit.
Qu'elle incarne aussi la beauté murmurée des femmes d'Iran, contraintes de camoufler leur éclat sous des voiles obscurs, celles dont la lumière, même dissimulée, transperce les ténèbres, et brille d'une intensité qui défie les lois, les voiles imposés, les discours insensés, les dogmes rigides, les regards accusateurs, les injonctions

du silence, les fardeaux de la honte, les cages de l'injustice, les murs de l'oubli, les tabous, les normes mutilantes, l'indifférence.
Que son souvenir s'unisse aux visages cachés mais indomptés, à toutes celles qui, sous la censure, se tiennent droites, l'âme libre et le cœur vaste.
Qu'elle soit la compagne de toutes les femmes du bout du monde, celles des champs arides, des ateliers sans fenêtres, des rues bordées de ruines, des mers inhospitalières, qui, sans bruit, bâtissent l'avenir sous les ombres de leur époque.
Que son nom vibre pour celles qui rêvent d'un matin sans servitude, d'un souffle qui leur appartienne.
Que son courage résonne comme une onde dans les vents, couvant le souvenir de chaque femme qui a porté le poids du monde sur ses épaules, dans son ventre.
Bel Océan tranquille, qu'elles entendent son murmure, même depuis l'au-delà, et qu'elles sachent qu'elles ne sont pas seules, que le fil insécable qui relie mère, sœur, fille les unit aussi aux étoiles et à la liberté.
Et qu'à chaque naissance, dans chaque cri d'enfant qui vient au monde, on se souvienne d'elle et de celles qui, comme elle, ont offert leur vie pour qu'un autre respire, elles, les étoiles qui guident des pas hésitants.
Qu'elle veille, pour toutes les femmes, car son amour persiste, aussi vrai que les constellations, et aussi longtemps que le ciel abritera des étoiles, elle brille dans le reflet de ceux qui l'aiment, guidant le monde entier vers de paisibles horizons.

Bahari-Bora Ilangira
Sœur, Mère, Amie.
16 février 2001-23 septembre 2018

Remerciements

À ceux qui ont cru en ce projet et l'ont lu encore et encore avec douceur et exigence : Carole Ranaivo, Nina Cabanau, John Elongo, Alpha Seck, Nincemon Fallé, Thierry Kambere, Manzana Vallée, Dalena Jeanne, Linda Maroy.

À ceux dont les messages et la bienveillance m'ont porté : Raozy Pellerin, vieux Mbougar, Anne-Sophie Stéfanini, Céline Navarre. Encore toi, Lady Nour.

Sophie Carmona, tu as été la première à m'offrir un cadre pour m'exprimer. Mes pensées vont également à tous les membres de la revue *Phusis*.

Merci à Céline Thoulouze et à toute l'équipe des éditions Récamier.

Emma Lormant, chaque fois qu'un rayon de soleil perce les nuages, je sais que c'est toi qui souris, et le ciel reconnaît la meilleure éditrice du monde.

Je termine par cet hapax, Nasra, ma mère.

Pour en savoir plus
sur les Éditions Récamier
(catalogue, auteurs, vidéos, actualités...),
vous pouvez consulter
www.editions-recamier.fr
www.lisez.com

lisez!

et nous suivre sur les réseaux sociaux

Éditions Récamier

@editionsrecamier

@Ed_Recamier

#lisez! engagé
www.lisez.com
Pour plus d'information :
Imprimé sur du papier issu de forêts gérées durablement.

CET OUVRAGE A ÉTÉ ACHEVÉ D'IMPRIMER SUR ROTO-PAGE
PAR L'IMPRIMERIE FLOCH À MAYENNE EN MAI 2025

N° d'impression : 106962
Imprimé en France